骨箱は墓石の下　墓石は狭い四角な土地のなか
墓地は見渡すかぎり無数の四角に仕切られ
入口に管理事務所が　都庁には管理課がある
そこには給仕と書類　役人と新聞　金庫
お[illegible]は囚人だった　そう　囚人だ
だ[illegible]は囚人の子　囚人の子だ
激[illegible]める　自由を　ぼくは　おふくろの！

現代詩文庫　211

思潮社

続・岩田宏詩集・目次

装幀・菊地信義

詩篇

詩集〈独裁〉から

なぜハンガリイの

なぜハンガリイの音楽をきくとかなしくなるのだ
ぼくは切った　スイッチを
すぐにラジオは黒くなり
部屋が明るくなる
朝の
カーテンと
風と
水道の音
ゆうべは
きみの脱ぎすてたきもののように
終った　ぼくがスイッチを入れれば
もういちどハンガリイの音楽がはじまり
ゆうべがいちめんに立ちこめるだろう
残酷に
ぼくは切る
ぼくがつながるのは
ゆうべぼくらが倒れた地面のように
つづくもの　遠くに見えるけやきのように
つづきながら始まるもの　花籠の花のように
つづきながら終るもの
もう一つのもの
ベッドに
眠る
きみの白い乳房
きみのやわらかいからだ。

結婚

マイクの前で唄うたう女のひと
倉庫の底でグラシン巻くぼくの友だち

それともうひとりの夜警の友だちが
唄を聴く　ぼくは恋人の指を撫でつづけ
夜はどこでも寒い　このあかるさ
ぬかるみの粘土の道を
ひとりで歩くぼくのあかんぼ
母親はぼくの恋人　ぼくら二人して
殺したあかんぼ　両手でピストルかまえ
ぼくらみんなに歴史を教える
しずかな小学校の火鉢を抱いて
ぼくのもうひとりの夜警の友だち
倉庫の底でグラシン巻く友だちも
ギロチンの唄を聴く　ぼくは恋人と交わり
マイクの前で唄うたう女のひと　夜のなかで
腕ひろげ　まなこ閉じ　頰ほてらせ
その腰その乳房で未来のかたちをつくる。

（『独裁』一九五六年書肆ユリイカ刊）

詩集〈いやな唄〉から

海岸の実験

I

むすめたちと
崖の上から
浜辺をぼくは見おろしていた
男が裸で海からくる
今は春だが　いつでも春
ふるえながら
しずくのように
二つのふぐりを落としながら
めくらの男が海からあがる
ここは鎌倉の稲村ガ崎　けれども
釜石　網走　呉　九十九里

ぼくの知ってるあらゆる浜から
裸の男が
晴れた日に
腕をつきだし走ってくる
ごらん
風が梳く脛の毛を
艀のように行き来する筋肉を
くちびるは印肉そっくりで
額には釣針の入墨
かしいだ肩に
一匹のウニ

2

神話よりもむごいむすめたちと手を組み
松ふぐりの散らばる崖の上で
近づく男をぼくは待っていた
誤解してはいけない
あのおとなしいあしのうらを
ねばつく髪を
とびきり上品なてのひらには
綱の擦れた傷痕
背中は絵をかけるほど広くて
こんなやさしい
自由な男は
ほかに絶対いないね　むすめたち
北海道から九州まで
ここはおしなべて島ではないか
島のように綱で引寄せられたむすめたち
きみらのためにかつてぼくの肌を
ぼくは剝がして
詩集の表紙をつくった　しかしこの男
すっぱだかで上品な走るめくら
こいつときたら
安物の黄色い椅子に腰をおろし
きらびやかな砂と
ぼくらの殺した息のなか

時計じかけの声で
十から〇まで
逆にかぞえるんだ！

すばらしい日曜日

小石川の植物園の
温室の前のベンチに
まっかな目をした男がひとり
泣いたあとかな
持ちこみ禁止の
酒のせいかな
ぼくらはちゃんと合法的に
ラムネを飲んで笑ったよ
十メートル四方の草原には
足を折って
相対坐する二人のおばさん

黄色い布地が木立のなかを駆けぬけて
ぼくの恋人は
すんなり明るい影を踊らせ
ぼくを見上げて
「政治のことを教えてね」

不死馬

馬　どこの馬？

山だ
山の馬だ
馬が山から下りてくる
寒い山賊　焚火をたいて
馬をあぶって　まるごとたべる
ああ　うまい馬　馬うまい
それでも馬が下りてくる

馬　どこの馬？

沼だ
沼の馬だ
馬が沼でも跳びこえる
軽い河童がミズカキ見せて
馬をひっぱり　尻からたべる
ああ　うまい馬　馬うまい
それでも馬が跳びこえる

馬　どこの馬？

浜だ
浜の馬だ
馬が浜ではあくびする
赤い網やら　ひどいヒトデが
馬をすっぽり　からめてたべる
ああ　うまい馬　馬うまい
それでも馬があくびする

馬　どこの馬？

島だ
島の馬だ
馬が島までたどりつく
熱い嵐が　釜をかきまぜ
馬をぺろりと　島ごとたべる
ああ　うまい馬　馬うまい
それでも馬がたどりつく

山　沼　浜　島
馬は島からどこへ行く
馬は島から海へ行く
ウソだ！　ウソではありません
馬は海ではウロコが生える
ウソだ！　ウソではありません

馬はうちには帰らない

美しい馬　海の馬
馬はうちには帰らない
美しい馬　浮かぶ馬
馬は海ではウロコが生える。

やさしい酔いどれ

あなたは夜の道路のまんなかで
いたずらにぼくの名を呼び
ほほえみながら揺れていた
あなたを揺するほど丈夫な
綱のようなものを
ぼくは見たい

あなたは近寄ったぼくを
出しぬけにきつく振りはらい
少年の足どりで走りだした
あなたを走らすほど精密な
時刻表のようなものを
ぼくは見たい

あなたはぼくの両腕にささえられ
ふしぎな音を喉いっぱい響かせては
体を波にしてのけぞった
あなたをのけぞらせるほど痛い
濡れ手拭のようなものを
ぼくは見たい

あなたは静かな部屋のぼくのそばで
押しつぶされた動物になって
とても平らに眠っていた
あなたを眠らすほどみだらな
臼のようなものを

ぼくは見たい
見る　ぼくは
あなたが死に　見えないものが生れるのを
こきざみに身ぶるいしながら。

わるい油

わるい油が炎の早さで
紙ににじんだ　外は煮えてる
バスのなかで揺れるぼくらは
みんなコロッケに似ている
コロッケには五円七円十円とあって
あげもの屋のおばさんは十六年間
今の亭主と連れ添って皺は千六十本
それらの皺は乾いた地面に
横に走る裂け目であり
見渡すかぎりお詫びしている草たち
死んだカラスの鼻の穴
字の書いてある空である
空の活字は油を吸いこみ
そこに誰もいないことを証明しながら
新聞紙のようにぼくらを包んでいる
ふといロープにバケツで水をかけて下さい
烈しい八月の寒さにたちまち凍りつくだろう
もう一度たっぷり水をかけて下さい
それからロープを金串のように
てのひらに突き通し指にからげて
いやがる犬たちをぼくらは引っぱる
でぶの犬　出目の犬
めっかちの犬　せっかちな犬
犬の意志はいつでもさかさまだから
すばらしいスミレを見つけたところで
駄目である　ぼくらが許可しない
鼻の湿った犬　鼻の締った犬

鼻の乾いた犬　たまに騒いだ犬
こどもの犬　こだまの犬
かれらの遠吠えはぼくらの空襲警報であり
かれらの皮膚病はまさしくぼくらの夢の色
かれらがもし奴隷ならばぼくらは主人であって
主人の下には主事が一人　主任が一人
そのことはすべて新聞に書いてあるのだが
なにしろひどい油だ　舌を抜かれても分らん
ぼくの舌は危険である　大問題である
このことはとても詩に書ききれませんが
ほかのもろもろのコケやトゲにまじって
イソギンチャクが一匹住みついたばかりに
ぼくの舌は海にたとえられる
海はどんなものにでも　そうですね
横線小切手にたとえることもできるが
海岸　これはあらゆる比喩の終る場所だ
たべのこしのマンゴーどもは高笑いし
二十七才の微熱の女

三十五才の脚気の批評家
五十三才の現役の貴族
七十二才の美しい与太者
どいつも戦争からこのかた日焼けしている
この日焼けを防ぐには餅をたべるのが一番だ
馬のふぐりを塩水で洗って正確に五分間
あげもの屋の油鍋で空揚げして下さい
匂いは心配無用　犬もくわない高級薬品です
ぼくに言わせれば　このがらくたのなかで
注目に価するものは一脚の
鯨油だらけの黄色い椅子
一人の老人が　年令不明　住所不定
淫猥な耳とすばらしい白髪のもちぬしが
台風のように海からあがってきて
この椅子に腰をおろし
六十から零まで逆にかぞえる
するとぼくらはだしぬけに体いちめん
空の破片をかぶって確実に死ぬのである

到る所で　この辺危険　こどもが跳び出す
と立札は叫び　事実こどもは一人びとり
シナの手品のように突然あらわれて
バスに轢かれて死ぬのである　だから
経営者　大統領　およそ人を使う者は
きをつけるがいい　立派な柵を作ることだ
金属や非金属　紙や油を材料にして　なぜなら
ぼくらは囚人である　さあ犬を集めて下さい
今度はぼくらの意志が犬たちにさからう番だ
卑劣な道徳も何かの役に立つだろうよ
ぼくらのなかのいちばんはなやかなひとも
がらくたである　それを認めない者は
あした焼かれて死ぬのである。

大虐殺

さかな屋が大きなブリを
逆手に握った　酒焼けした太陽は
夕方とろとろに身がくずれるので
氷の必要がある　氷は溶けて
さかな屋のゴムの前掛けを洗い
マグロの背骨を肉から引き剝がし
みすぼらしいイワシのはらわたにしみこむ
にがい水ぐすり　ブリの重たい中味を
しずかにせきとめているのは寒い両眼や
決して擦りきれない肌　そこにはさかな屋の
眉間の傷も　まばらな髭も　虫歯も
そのまま青く映っている　赤い指で
さかな屋はブリを撫でる　夕日の腕は
思いきり長くのばしたぼくの全身を
すべてのさかなとその加工品に投げかける
ブリのもちぬしと取引しているぼくの奥さん
はやく帰ろう　いま見た通りに撫でるためには
まずきみを寝かさなければならない
手拭のようにきみの体を肩に掛けて

ニッポンの一本道をぼくは歩きはじめた
改良された案山子がすごい目つきで
ぼくをにらみつける　詩を書けって？
よかろう　かみさんも　株屋も　かんぬしも
癇のつよい老人も　萵たけた官僚も
西日のなかではニシンのように硬直して
磨きのかかった詩をつくる　それがぼくらの
ほとんど唯一の欠点である　何いってんだ
トビウオ　トビウオ　かつえたカエルではない
片目のカラスでもない　ぼくらの前後左右
痙攣のように飛び　競輪のように走り
もぐり　もがき　もつれあい　もみあい
闇が吐き出す霧の針に傷つきながらも
不完全な舟と馴れ合うぼくらを愚弄する
トビウオ　こいつらの団体にこぶしを突っこみ
つかみ放題　すくい放題　そうだい　それが
繃帯では巻ききれぬほど尨大で肥満した
救いようもないぼくらの夢だった　だから

ぼくの奥さん　きみの無数の無関心な鰓を
ひらき　ひろげ　ひねくり　ひっかき
絶叫のように高く　説教のように永く
そして凪をぼくは待った　老人の将軍が
艦橋から見ている　奥さんの沢山の髪は
熱狂したネコの外套　ひといろの夜の毛が
きみのくだものを包む　つつましい将軍
はやく始めよう　いま見た通りに寝かすためには
まずネコを殺さなければならない　兇器は
目をさまし　狂喜乱舞して一つびとつ
みずから飛びあがって将軍の手に摑まれる
刺身　出刃　薄刃　クローバ　いろんな銘柄の
庖丁たちは　まよなかの低気圧に膨脹する
酒は裂け　汗は褪せなん夜なりとも　ちえ
じじむさい辞世だ　白木の俎を出すがいい
内剛外柔のネコをあおむけに置き
前後の足を四本の釘で固定し
しろうとくさい手つきで刃物をかまえろ

過去七十年間ぬらりくらりと将軍の脇を
すりぬけてきた海の藻　山の石炭たち
川が運んだ昔のむくろたち　そして
冠木門も　六分儀も　蟻地獄も
絶え間なく落ちた星や　孤独な煙突たちも
ぼくらが将軍のひそやかな一挙手一投足を
見守る妨げにはならん　刃物がふりおろされた
夜の色した血液が毛のなかから吹きあげた
将軍の行末にぼくらは多大の関心を抱く
ネコは三声さけんで皮膚のゆるすかぎり反った
なぜなら　将軍　あんたの臨終を見とどけるのは
ぼくらだ　肉のなかに隠れていたネコの爪は
今こそ全部あらわれた　両のてのひらで
釘をつかんで将軍は死ぬだろう　それなら
死ね　くたばれ　寂滅しろ　亡くなれ
ぼくらはぼくらの虐殺を阻止する。

(『いやな唄』一九五九年書肆ユリイカ刊)

詩集〈頭脳の戦争〉から

二つの太陽

1

むかし
太陽が二つあった
と　ひどく遠くから
ひとつの声が語り始める
それはだれの声だろう
そのことばを送り出すくちびるの
厚さ　やわらかさ　皺の数を
わたしは知りたい　できれば耳を
そのひびわれたくちびるに近づけ
おどろくほどするどい息に打たれて
幾度となく身ぶるいしたい

むかし
太陽が二つあった
と　台湾から
ひとつの物語が始まる
けれども　台湾について
その木や水や空や土について
わたしは何を知っているだろう
一枚のハガキを　やさしい魔術のように
わたしは見つめる　美しい乾いた網の目
粉にまみれた木の葉のかたちの生きもの
《本品は台湾特産玉蘭の葉に
世界的有名なる本島特産の
胡蝶を配したるものにして
栞　又は額面に利用下されば
優美であります》
けれども栞にも額面にも
わたしはこの優美なハガキを利用しない……
裏側の通信欄からきこえてくる

わたしの兄　死んだ兄の声が
《今日　台湾ノ南部
高雄港ニ入リマシタ
花火ヲアゲタリ
旗ヲ振ッタリ
バンザイヲシタリシテ
私タチノ入港ヲ歓迎シテクレマシタ》
それにしてもだれが歓迎したのだろう
消印は昭和十四年　差出人住所は
軍艦八雲兵科候補生室
古い黄色い記念のハガキはさらに語る
《台湾ガ日本ノ領土ニ
ナル前カラ住ンデ居タ人ヲ
本島人ト呼ビマス
本島人モ相当ニ日本語ヲ話シマス
デハオ体大切ニ　サヨナラ》
さよなら　さよなら　さよなら
ほんとうの本島人も

うその本島人も
みんなくねくね手を振って
二隻の軍艦を見送る
わたしの兄はわたしそっくりの口のかたちで
艦橋からオールド・ラング・サインを歌う
〈なつかしきともがら忘れ果て
心に浮かばぬことありや……〉
やがて軍艦はハワイに着くだろう
ニイハウ　カウアイ　カイエイエ・ワホ
火を噴くキラウエア　火を噴くパール・ハーバー
むかし
太陽が二つあった
と　台湾人が話を始める
台湾の遙か東　ハワイの遙か東
カリフォルニア大学政治学部の研究室では
ロバート・スカラピーノ教授が
タイプライターのキイを打ちおろす
《台湾は今なお米国の援助に

大きく依存している……
台湾はその人口との釣合いからみて
大変な規模の軍隊を養っている……
さまざまな分野における月給や賃金は
いたましいほど不十分なものだ……》
ふじゅうぶん　ふじゅうぶん　ふじゅうぶん
と教授の手頸が脈打っている
《経済的に重大な逆境に陥った場合
軍事的に手をひろげすぎた場合
融通のきかない政治がつづいた場合
台湾人の抵抗は
革命的な形をとるかもしれない……》
かくめいてき　かくめいてき　かくめいてき
とタイプライターが鳴りつづける
カリフォルニアよりも遠い所
気が遠くなるほど遠い時間の果から
もはや時計そっくりの機械的な声
かすかな声がしつこく喋りつづける

むかし
太陽が二つあった
二つの生首は
いつまでも涸れることなく
血のように熱い光を流していた
首を狩るならわしは
わるいならわしである
と薄い眉毛を寄せて言ったのは
一体どこのだれだったのだろう
たぶん台湾で生れた人ではあるまい　だが
よそものだって安物の瀬戸物や着物で
野蛮人の山や盆地の番人にはなれる
ある日　正午の半鐘が鳴るとき
よそものはしずかに帯をとき
赤い帽子と
赤い着物にきかえて
広場へ出て行くだろう
蛮人たちは

万人の自由のために
帽子のなかみと
着物のなかみを
切り離すだろう
するとまたほかのよそものが
船を下り　浜を歩き　広場に着いて
殺されたよそものの記念に
ちいさな神社を建てるだろう
むかし
太陽が二つあった
と　台湾高砂族の民話は語る
この民話もほかの民話とおなじく
みんなのための物語である
女のために
こどものために
男たちは到る所で井戸を掘った
しかし陸にも海にも空にさえ
一たらしの水も失くなった

どこへ行けば水があるのだろう
答は百万のくちびるから送り出された
どこにも！　どこにも水はない！
それならばなぜ水がないのだろう
原因を百万の人差指がゆびさした
あれだ！　あれのせいだ！
一つの太陽が西へ沈むとき
一つの太陽は東から昇る
あの夜の太陽が
しめりけとしずけさを吸い取るのだ
あれが死ぬか　みんなが死ぬかだ
あれを殺すか　みんなが殺されるかだ
弓の巧みな男百人
それを助ける女百人
仕事の大きさ恐ろしさに
目を光らせ　くちびるを嚙みしめた
二百人が
東へむかって出発した

乾いた砂の上の足跡の数ほど
おめでたとむらいが限りなくつづいても
めざす目的地は近くも遠くもならなかった
しだいしだいに世代が交替し……
遠征隊のなかにひとりの青年がいた

2

おれはおやじと喧嘩した
じじいとも喧嘩した
じじいとはすこししか喧嘩しなかったが
それはじじいが早く死んだからだ
おやじは言った
「お前の気持はよく分る
わしもお前の年頃には……」
そして聞き飽きた決り文句だ
おれは言った
「おれのなかのおれの気持と
父さんがおしはかるおれの気持と

おなじかどうか　どうして分る？
おれは面白くない　一体何が
面白くないのか　その答は
おれがひとりで見つけるんだ！
父さんに教えてもらいたくない！」
するとおやじは言った
「聞きたくないなら聞くな
ただ参考のために話しておこう
これは父さんの父さんがいつか
そのときもこうやって馬にまたがり
でなければ馬の手綱を引き
でなければ病気のために車の上で
すこしずつ　たくさん話してくれたことだ
つまり　お前の不満はこうなのさ
道がある　この道　この先の道
そして目的がある　見たこともない目的
そして景色がある　五年歩いても
五百年進んでもおんなじ景色！

人間は若いとき一度は世界に飽きる
それは年寄りのどんな倦怠よりも
強く烈しいものなのだ」
おれはじれったさに砂を蹴とばして
ラクダのように吠えてやった
「ちがう！　そんなことじゃない
おれは道よりも景色よりも
まず自分に反対なんだ！
弓矢を習えといわれて　おれは習った
狩に馴れろといわれて　おれは馴れた
この砂漠のなかのかすかなかすかな生きものを
今のおれなら　いくらでも集めてくる
足を鍛えろといわれて　おれは鍛えた
目をするどくといわれて　おれはするどくした
それもこれも何のためだ？　ありもしない
二つの太陽の隠れ家までたどりつき
片方を射落とすためなのか？」
おやじも負けずに吠えた「それこそが

われわれの目的なのだ！」間髪を入れず
おれも叫んだ「おれはその目的に反対だ！」
突然　風のように静まっておやじは言った
「ほかに何がある？　お前に
ほかのどんな生活がある？」
そして　うしろをゆびさした
おれたちが捨てて来た馬のむくろ
ラクダのむくろ　羊のむくろ
祖父や祖母
生れるとすぐ死んだ赤ん坊　あるいは
叔父　甥　またいとこ
それらえんえんとつづくなきがらの列を

これは昔の話だ
もうとうにおやじは死んだ
相変らず右も左も砂ばかり
一列になっておれたちは進んだ
相変らず東と西の地平線に

二つの太陽が昇っては沈んだ
誰かが持って来たスモモの一粒
最後の一粒をおれたちはたべた
砂の隙間にスモモの種を埋めた

砂　好きな砂　砂の煤……

おれたちがあれほど言い争った
あの目的はまだ見えなかったが
空気のふしぎなふるえと
異様に赤らむ空の色とで
もうじきだと分った　そのとき
おれたちは九人だった
二人死んだ……七人
三人死んだ……四人
恐ろしい熱気に口をひらいて死んでゆく
予感が汗のようにおれの全身を流れた
最期に残るのはおれではないのか

一人死に　一人死に　たった一人の友だちも第一の太陽
　が西に沈む頃
からからに干からびて倒れた　そのとき
だしぬけに立ちはだかった岩山の向うから
それがぬっとあらわれた　おれは夢中で矢を放った！
たしかに手ごたえがあり　次の瞬間　目がくらむほど
白いどろどろのものがしぶきをあげて岩山に降りそそ
　いだ……

……………………………………………

ここはどこだ
これが夜なのか
すでに顔色蒼ざめた太陽が
音もなく中天に浮いている
あれがいずれは月という名で呼ばれようと
おれの知ったことか
ここちよいつめたさとしめりけのなかを
おれはふらふら歩きつづけた

分りますか
今のおれは仲間が欲しい
長いなきがらの列をつたって
おれはよろよろ歩きつづけた
分りますか　仲間ではなく
今のおれは女が欲しい
やわらかいうすくらがりに
おれの自慢の目も
ほとんど見えなくなった
早く帰らなければならない
けれどもどこへ帰るのだ
分りますか　女ではなく
今のおれはたべものが欲しい
だれか聞いてください
ここにはたべものがない
何一つない　おれもない
だれかたべものをください。

あくるあさ

雨が終り夜が終り
朝が始まり風が始まった
意識の議事堂の最上階では
一人の知識人
二人の芸術家
三人の大学教授
半ダースの詩人
ひとむれの翻訳家
一連隊以上の評論家が
葬られたように雑魚寝していた
ゆうべむすめがころされたことは
かれらのほのぐらい豆いろの欲望と
天秤のようにきわどく釣合っている
すぐ下の階では
漁色家と
道徳家が
ようやく目をさまし
あくびの手と眠気のまなこで
聾唖者のように
情勢を分析していた
だれをゆびさし　刺すべきか
だれか教えてくれませんか
あしたの勇気と卑怯の相場を
この時計はいくら合わせても進みすぎる
けれども議場の大時計は
六十年来おなじ時刻を示し
早起きの家庭人
シガレットの俗物
灰皿の小市民
梅干の庶民
そして生活者　苦労人　訳知りのたぐいが
勤勉な緊急会議の決議を記録していた
くらしをどうする　くらしをどうする
きょうの　あしたの　あさっての

しあさっての　やなあさっての
どうしてくれる……
朝が終り風が終り
雲が始まり昼が始まった
イソギンチャクの舌で鉄柵の血をねぶる奴
誰何する奴　体操する奴　跳びあがる奴
帽子をつくろう奴　靴で占う奴
しかるのちに
意識の議事堂の正門では
公然と
取引が始まった

地下室には
何一つない
名称も
肩書も
夢も
月給も
太陽光線も
催涙弾も
糸のように細い猫も
くちばしの裂けた雛鳥も
新聞も
だが
そこへ行くことしか
わたしにはできない
あなたも恐らくそうだろう
あなたは死ぬかもしれない
あなたの腕にはわたしの指が生える
わたしは盗まれるかもしれない
火薬を運んできてください
わたしは恐らくわたしでなくなる
突然この建物はふっとぶだろう。

逢えない

とうとう
ほかの天体に住む
ほかの生物から連絡があった
地球人が質問した　質問の電波が走った
「あなた方は何者か」
答の電波が帰って来た
「われわれはわれわれである」
質問が走った
「あなた方は地球へ来るつもりか」
答が来た
「行きたい　行きたい」
「あなた方は何を求めているのか」
「なつかしさを」
ここで通信は数秒間とぎれた
地球人は黙っていた　相手も黙っていた
人工衛星はその間もまわりつづけた
やがて電波が来た
「だから
われわれは地球へ行かないだろう
お互に恐らく逢わないほうがいいと思う
さようなら　また連絡するけれども」
ここで問答は終った
人工衛星はまわりつづけた。

頭脳の戦争

「まあなんとかなるだろう」と言う人を
甲とし
「もうどうにもならんよ」と言う人を
乙とする
甲と乙とは戦闘行為に入るものとする
ちいさな大脳の表面で

白色のはらごに似た人脳の表面で
その顕微鏡的な山や谷や泉を舞台に
甲乙双方は戦闘の終結まで戦うものとする
甲が勝った場合
乙は現状のままの地球を甲に譲渡すること
乙が勝った場合
甲は任意の核兵器のボタンに即時指を触れること

立会人は甲乙双方の本質的同一性を証明せよ

甲または乙のいずれかが
この戦争の意義について疑念を抱いた際には
甲乙合議の上戦闘を停止することができる
その場合
「甲も乙もトボけないでくれよ」と言う人を
丙とし
丙は大脳表面の戦場において
何らの予告も憐憫もなく
甲乙双方を虐殺し
すべての兵器を没収するものとする
但し対未来防禦兵器「無関心」及び「恐怖」は
未来の有無に拘らず絶対に保管せざること
一切の処理を完了した丙は
甲乙の死体をはあとの内部に埋葬するため
成る可く速やかに大脳のぬかるみから立ち去ること

立会人は丙の決断とやさしさを讃美せよ！

（『頭脳の戦争』一九六二年思潮社刊）

詩集〈グアンタナモ〉から

おれの恋

1

間歇泉に赤い卵を投げこみ
まもなくゆでたまごをたべたむすめよ
いつも汽車でうたたねするむすめよ
鹿と語り　猫と語り　猟犬と語り
遂にはまよなかに自分と語るむすめよ
緑いろのむすめ　不透明なむすめよ
ありとあらゆる喫茶店でありとあらゆる
涙をこぼしたありとあらゆるむすめよ
顔面蒼白な街角に立った風の吹くむすめよ
競馬場に現われたむすめ　舗道のむすめよ
よごれた旗に飾られたむすめよ
すでにとろけ始めたむすめよ
勤勉なむすめよ。

2

あなたはゆびさした
あのあかりがわたしのねぐら
軍艦のかたちの白い建物が
まよなかのなかで寝ていた
(おれはいつ恋をしてその恋は
いつ終った?
きみはいつまた恋をしてその恋は
いつ終るだろう?)
あなたはゆびさした
あのあかりはへんなあかりよ
建物の下の街灯はほそながくて
毒キノコになぞらえ襞まであった
(おれが恋を忘れると誰もが恋に
夢中なのだ

きみが恋に夢中だと誰もが恋を
忘れる)
あなたはゆびを格子のように
おれのゆびに組みあわせて
これでゆびたちは平等になった
くらがりのくるしいくちびるも
(誰だ　いま恋を知らないのは?
恋をしているのはどこの誰だ?)

3

夢のなかで
あなたは見る
脊髄に似た廊下を
おれは走る　その廊下を
待て　待て　待て　待て　待て
こだまは恐怖のようにはねかえる
聡明なあなたは知っているね
おれが新入りであり　おれたちはみんな

洪水に洗われた木の葉の色の服を着て
かたちの定まらぬ作業に従事しているのを
だれが罰を受け　だれが行方不明になるか
あなたのくちびるとほくろで予言して欲しい
ごらん　曇天の吸取紙の下の野原へ
二人のとらわれびとが引き出された
目隠しされて二枚の板の上を走る
そして叫ぶ　あなたの名を!
骨の砕ける音

あなたは跳び起きる
夢の外で。

4

日曜日　仕事熱心なメッセンジャーが
スイートピーの花束を届けてきた
おれは透き通った包み紙をあけて
あなたの手紙を読む　あなたの筆蹟は

あなたの髪は　あなたの指のかたちは
あなたの乳房は　あなたの耳は
そこにあってよく見える　だが
おれが受け取ったのは別のものだ
たぶんあなたが幼い手で摑んだ煉瓦
あなたの母親を慕って集まる歪んだ子供たち
おれには見えないあなたのすべての
すべての構成部分の色と音。

5

成熟はあり得ない
あなたの壺もからっぽになる
それを見とどけることはおれの義務だ
おれはもうおれではない　吸取紙であり
煉瓦であり　毒キノコであり　砕けた骨であり
あなたがいちばん嫌うもの　あるいは
あなたがいちばん好むもの　どちらかだ
夜が朝に変る　朝が昼に　それがなんだろう

これは断じて異常な状態ではないのだ
恋を罠と感じる者は卑しく打解けあって
背をまるめ秘密を喋りちらすがいい
やさしい友達は日々の仕事をつづけるだろう
日々のたのしみはあなたの頰のように美しい
たとえ遊園地のブラスバンドがどんなに残酷に
ひとびとの息を奪い　思考を切り刻もうとも
たとえ酒が光り輝く水に変ろうとも
たとえ凶悪な嫉妬が軍艦のかたちを借りようとも
たとえあなたが群集の口に呑みこまれようとも
頼む　未来のきらびやかな暗黒の服を
おれが費い果たすのをとめないでくれ
おれはもうおれではない　あからさまな街であり
夢であり　鋭い目ざめであり　ほとんど
あなただ。

長い塀

I

犬が走ると
人は訊ねる　どこの犬だ
猫が逃げると
人は訊ねる　だれの猫だ
子供が泣きじゃくると
住所だ　氏名だ　年齢だ
芸術にしてもおなじこと
血統書をつけられる
始末書をとられる
売られる買われる
殴られる
監禁される
屋根の上は空だ
空は青い

あるいは黒い
あなたはいくたび意味を訊ねたか
わたしはいくたび意味を訊ねなかったか
意味と無意味のあいだに
大売り出しのチラシのように
美が　捨てられる美が挟みこまれた
祭はいくたび繰返されたか
恐らく何千回　何万回
軽い風車は輝かしく回転した
わたしたちはお面をつけて踊った
アセチレンは垂直に燃えた
祭は熔けた　いくたびも
くらしのなかへ。

2

くらしから離れる　熱烈に離れる
葉書から離れる　秤から離れる

剝がれる貼り紙から離れる
離れ業や離れ座敷から離れる
母の羽二重の肌から離れる
裸から　旗から　畑から　ハタキから離れる
判コから　飯盒から　反魂香から離れる
パンジーから離れる　パンジョーから離れる
バスから　バズーカから離れる
ハンディキャップから離れる
離れまいとして恥じらう者から離れる
離れようとして破綻する者から離れる
早口ことばから離れる

これが一つの考え方だ

くらしへ近づく　熱烈に近づく
小さなチーズへ近づく
知識へ　蓄膿へ　乳離れへ近づく
地方の知事の血まみれの知性へ近づく

父の乳首へ　痴漢の近道へ近づく
チャーミングなチャーハンへ近づく
中性子へ近づく　チューリップへ近づく
長老の挑発へ　長髪の調律師へ近づく
注射器へ　中小企業へ近づく
遅刻へ　窒息へ　致命傷へ近づく
近づくまいとして散らばる者へ近づく
近づこうとして縮みあがる者へ近づく
地球へ近づく

これがもう一つの考え方だ

わたしたちは近づかない離れない
ただ切りとられた水晶の板のように
しずかに小きざみにふるえている
微弱な電波はどこへ飛んで行くのか
わたしたちは動かない
唄を歌わない

応答を待つ。

3

だれか答えてくれ！

これはわたしたちの叫びではない
とびきり遠い所から
詩人　絵描き　音楽家　小説家
あれら発狂して
拳銃で
ほそながい縄で
液体または固体の毒薬で
曇ったナイフで
海で
石炭ガスで
機関車で
ありあわせのありとあらゆる方法で
死にむかって突進したあの連中の

最後の　もしくは最初の声だ

だれか答えてくれ！

あなた方も答えて下さい
あなた方の生み出したものが
ごろりと桃色に横たわり
あとはぶざまな死だけ
ほかにはなんにもなかったとき
あなた方は何を見ていましたか
原始時代のように輝く太陽
馬鹿な小鳥の呟き　悧巧な女のほほえみ
それらにひどく痛めつけられましたか
世の中を切り盛りする奴らがいて
世の中を切り盛りしない奴らがいて
戦いが戦われ　和睦がよそおわれ
それがまたあなた方を引き裂きましたか
愛情を殺したのはだれの沈黙でしたか

過ちを確かめたのは病気のひとみですか
指はくるしさのかたちに触れましたか

だれか答えてくれ……

まだ叫んでいるあなた方は
もう傷ではない　傷の思い出でもない
空の過去の深みから
恨みがましく吹きつける風だ
移動する巨大なまぶたをひらいて
風はわたしたちの世界を
一瞬のうちに包みこもうとする
それができないことが
風の嘆きの主な原因だろう
わたしたちはあなた方を見送ります
きのどくな風呂敷……

4

長い塀に
わたしたちの影が映っている
銃殺を宣告された男たちのように

この夜をどうやって摑もう
この夜をほかの幾つかの夜と
どうやってまぜあわせよう
わたしたちはとりかえしがつかないほど孤独だ
世界よりも一まわり小さな芸術を抱えこむとき

長い塀に
わたしたちの影が揺れている
列を組み変える兵隊たちのように

ほんとうは
芸術なんかどうでもいいのだ
問題が芸術と非芸術との戦いである場合は
わたしたちの幻影は敵と手を組む

敵の幻影はわたしたちの味方だ
生《な》す者は生さぬ者を軽蔑する
生さぬ者は芸術にすがりつく

長い塀に
わたしたちの影が走っている
座席を確保する旅行者のように

夜は人をひどく単純に　あるいは
とりとめもなく複雑怪奇にするだろう
夜にかたちを変えられた奴は異口同音に言う
ふくらみやしないよ　きみらの芸術の風船は！
きみらはますます謙虚になってきたね
そうしてますます傲慢になるようだね

長い塀に
わたしたちの影が大きくゆらめく
とつぜん起きあがった死びとの群のように

わたしたちはうなずいてふくらませる
ふくらむ筈のないものを
わたしたちの湿って熱い中味でふくらませる
破裂の時刻は近づくだろう
二つの肺から幸福と不幸が出て行くだろう
きらめく物理学の法則によって
わたしたちの力は正確に測定されるだろう。

（『グアンタナモ』一九六四年思潮社刊）

〈岩田宏詩集〉から

自家中毒

I

目のくろいむすめ
目のまわりのくらいむすめ
わずかばかりの光を
オーバーの襟でさえぎって
道のかたすみを急ぐむすめ
えくぼのように小さなむすめが
人混みのほこりやくらやみのなか
たばねた髪や白い顔を溶かしながら
すべるように歩いている
この町筋もほかの町筋も
店屋に　蜜柑に　水たまり
それと　乱れた未知のひとたち
この町筋でもほかの町筋でも
「こんばんは」「おばんです」
「いいつけてやる」「知らないよ」
目のくらいむすめを誰も知らない

くるまがわきをかすめた
りんりんと自転車のベル
貨車の入れ替え　閉じた踏切
黒い巨大なかけらが足をひきずり
ふいにむすめが立ちどまる
雨？
ひとつぶのほほえみ
粉のようなほほえみが風にふかれて
むすめのくちびるにとまり
それから散った
あの影は知らないひと
(どこの人やら)

知らない誰でもないひと
(傘さして)

部屋にはいると
むすめはきものをぬいで
まっしろなはだかになる
ひっそりとした乳房や
はげしい陰毛がある
窓をしめきって
むすめはよこたわり
なにを待っているのか
なにを待っているのか
(ぼくが訊ねようとした)
そのとき
痙攣がはじまった

2

声が叫んだ「はじめに母ありき!」

かあさん! わたしは写真を裂きます
声が歌った「めらんこりい……」と
ピックアップ! わたしはレコードを割る
声が笑った「さよなら キスして」
焼きます あなたの手紙 いとしいあなたも
声が語った「生きるために死ぬこと」と
時計! わたしは倒れる 倒れてつぶやく

姑みたいに死にきれない街 と

ああ こどもの頃からおんなじ夏
熱い空から アスファルトから
わたしのからだをにらみつける夏
我を忘れた電信柱や
だれかが運んだ水の跡
昼寝してうなされる人の歯ぎしり
草むらで
そしらぬ顔の蜂や蜥蜴

きものだけ？　きものだけしか脱いではいけない？　わたしの指　わたしの毛穴　わたしの静脈　わたしの背中　引き剝がせないわたしの肌も　みんなしてわたしをいじめるのに　見えない塔や透きとおる湖を　まだ夢みなければならないのか　氷河や海峡　夜の黒人街を

絵葉書よりもはるかに遠い
直撃弾よりはるかに近い
歴史よりも行方不明の
わたし
嘔気こらえて走る妊婦より美しく
はじめての夜の枕よりも固い
わたし
（誰もたたかないわたしの肩）
（誰もにぎらないわたしのてのひら）
最終電車や　めくれた暦
ひるまの地震よりつめたくて
ことばよりやわらかくつづく
わたし

誰　わたしのそとでざわめくひとたちは

3

月にわらわれ
陽《ひ》に洗われた広場で
こころゆくまで踊るひとたちだ
一人が歌う「牛になろうか」
すると合唱《コーラス》「牛はいや！　豚もいや！」
一人が歌う「鹿になろうか」
すると合唱《コーラス》「鹿はいや！　馬もいや！」
「ぼくらはかみさまになる
月をわらう　陽《ひ》を洗うかみさまに」
最初は一歩　一つの身振り　一つの跳躍

それからますますはげしくなる太鼓のひびきにあわせて
髪かきむしり　肌をきずつけ　のたうちまわって踊るの
だ
イヤリングをひきちぎった娘たちよ
おぼえているか　これが洪水《でみず》だ　始まりだ
つるぎを投げすてた男たちよ
知っているか　これが山火事だ　終りだ

終りは飛行機のタラップからハンケチをふり陽気に言っ
た
「踊る阿呆と踊らぬ阿呆がいますけれども
おなじ阿呆なら踊らないと損ですね」
終りは酒場のグラスをみごとにすべらせ上機嫌で言った
「どうせ踊るなら品《しな》よく踊ってください
そういう娘さんと結婚しますから」
終りはデスクの向うからしずかにほほえんで
「かみさまになりたい人は殺しますよ！」

鎮まった

ささやきがはじまる
車輪の騒音にまじって
ころして　ころして　ころして　ころして
ころして　ころして　ころして　ころして

4

なあちゃんはクリスチャンだろうか　ぼくには分らな
い　ただ汽車のなかでぼくの前に膝をそろえ頸にはメッ
キの十字架　しきりとわらってるなあちゃんはたしかに
ぼくの姉だ　二十年むかしに死んで手札型の写真みたい
に老けないから姉すなわち妹だ　ぼくが倖せかと訊ねれ
ば倖せではないと答える
　ゆれながら車掌が近づいてきて切符を拝見すると言
う　ぼくはポケットをさぐる　さぐるふりをするが　お
もちでなければと車掌がなあちゃんの手をとるのだ　ぼ

くは眠る　眠るふりをするが目がさめると白衣の車掌はにこやかになあちゃんの肩をつかみ　くちびる嚙みしめる姉すなわち妹の繃帯の足を見たぼくは鉄橋みたいにわめいて

　少女を拷問するきみらは一体なんなのだ　それは暴力ではないかと問いただせば　ああ　かれら　「それでその真理ってえのは何ですか」と不審そうに手を洗ったインテリ　ポンテオ・ピラトみたいに暴力の何たるかを知らないのだ　なあちゃんはクリスチャンだろうか　ぼくには分らない　ただ次は終着駅だから

　ぼくらは別れなければならない　煙突や踏切がひっきりなしに飛び　骨をくだかれてもう歩けないなあちゃんにぼくは茫然自失　いま泣かないのはえらいひとと姉すなわち妹にほめられても　そのすべてを見透す目をシグナルみたいに見つめる勇気がぼくにはないのだ　すでにぼくらを置去りにして視野いっぱいに遠景がひろがる

5

準備しよう　自家中毒のむすめ
ごらん　あそこが終点だ
出迎えの花束がみえるだろう？
ぼくがきみの荷物をもとう

準備しよう　きみの手足はもうじき
三脚みたいにするする伸びる！
のどにしがみついてたきみのことばも
まるで仔犬だ　日向《ひなた》めがけて走りだす

きみのうしろのきみ　きみのとなりのきみ
きみが知らないきみ　きみを知らないきみ
きみばっかりのこの車内をもう一度ふりかえってから
さあ　さようならを言おう　あこがれよりも高い声で

堅いプラットホームに両足で立ったら

きみは愛想よくほほえみ　ぼくの左胸に短刀を
突き刺すのだ！
すると
群集がどよめき
拍手のシャワーで
きみを洗う
ブロンズの
きみの裸の下で
ぼくは死に
溶けて
消えて
きみになる
それから
きみは
ぼくらに
なる

かれら
あの暗室の赤ランプの下で
瀬戸物のうつわをゆすぶるかれら
じぶんを愛することが他人を憎しむことに
じぶんの乳房が他人の尻に
生の色が死の色に
みるみる変っていったのをかれら知らない
ぼくらの写真師は
ひとみしりしないで
陽のふりそそぐ陸橋の階段《だんだん》にぼくらをならばせ
片目つぶって
決意のシャッターを切る

ぼくらのなかのきみが細い頸で訊ねる
「どこへ行ったの　わたしのなかで
いつでも苦しがってた音楽は？
わたしを抱いた暑さ寒さは？
やさしかった地理は？

わたしは？」
ぼくらのなかのぼくが光る歯で答える
「どこにも行かない　みてごらん
みんなぼくらのしなやかな骨になったし
ぼくらの肌や
やぶれない鞄や　それとも
ぼくらの武器になったかもしれない」

準備しよう！
かれら　駅前広場をふさぐぞ！
ぼくら　そこに
タバコと砂糖を積みあげよう
牛と豚を殺して
牛肉と豚肉をたべよう。

部屋

おふくろの部屋は年ごとに狭くなった
契約期間が切れるたびに八畳から六畳へ
六畳から四畳半へと　うちは何度も引越した
次におふくろは一人で病院の個室へ移った
風通しのいい部屋で　ある夏の日の夕ぐれ
予告もなしに細長い棺桶が運びこまれた
ぼくはそれに釘を打ち重油をかけて焼いた
おふくろは骨だけになり今は骨箱に住む
骨箱は墓石の下　墓石は狭い四角な土地のなか
墓地は見渡すかぎり無数の四角に仕切られ
入口に管理事務所が　都庁には管理課がある
そこには給仕と書類　役人と新聞　金庫

おふくろは囚人だった　そう　囚人だ
だからぼくは囚人の子　囚人の子だ
激烈に夢みる　自由を　ぼくは　おふくろの！

ゴールドラッシュ

小熊秀雄の詩による

出掛けるべ!
出掛けるべ!
破れかぶれだ出掛けるべ
嫁も行け　馬も行け
餓鬼も行け　学校なんざ早退けだ
あばよ　あばよ　家屋敷
麻の袋に砥石を入れて
唐鍬かついで　スコップしょって
出掛けるべ　出掛けるべ!

　峠を七つ　山七つ
　越せばキラキラ金の川……

ややあ　ややあ　カッと明るい!
火事だ　火つけだ

燃やせガラクタ!
未練残すな　焼くものは焼け
あしたは役所と警察ばかり
ポツン　ポツンと立ってるべ
もうダマされるのはマッピラごめん
やれ　威勢よく　叩け鑵カラ
牛モウモウ　猫ニャンニャン
てもにぎやかな行列だ!

　峠を七つ　山七つ
　越せばキラキラ金の川……

泣くなメソメソ　嫁は太鼓腹
おてんとさまと冷たい水は
どこへ行ってもつきものだべ
泣くなメソメソ　餓鬼は喉かわく
河原に着けば砂金つかんで
腹さけるほど水飲むべ

泣いても戻る家はなし
夜になったらタイマツともすべ

峠を七つ　山七つ
越えたが砂金は見あたらぬ
砂金　砂金　砂金はどこだ
もいちど峠と山七つ
越えても砂金は見あたらぬ
砂金　砂金　砂金はどこだ……

それでも歩くべ！
それでも歩くべ！
もいちど峠と山七つ
越えれば大きな町に出るべ
嫁も　馬も　猫も　餓鬼も
せっぱつまれば役所の前で
ずらり並んで舌出すべ
一　二の三で舌嚙んで死ぬべ！

ゆき

北半球にゆきがふります
ゆきはあなたの肌を白くし
あなたの鼻をつめたくします
雲の下ではこどもらが
雲の上では死んだ人たちが
上衣をぬいで走り出します
南ではたくさんの旗が風にふるえ
ゆでたまごの匂いがつたわってきます
南では木を伐り倒し
橋をつくり……
北半球にゆきがふります
ゆきはあなたの耳をふくらませ
あなたの心をあたたかくします。

かぜ

だあれも見た筈のないかぜが
夢のなかでは
はっきり見えた
季節はずれの薄物をきて
手には小さな地図をまるめ
まっかなトウガラシを口にくわえて……
かぜ　かぜ　だれに見せようとて
あなたはおめかししているのか
国道という国道
運動場という運動場で
あなたは寒い名刺をばらまく
つめたい皺だらけの風呂敷をひろげる
御自分の孤独の途方もない面積を
かぜ　かぜ　あなたは御存知か……

くさ

みどりのくさはみどりの髭です
とだれかが得意そうに言った
おお　おお　とだれかが泣いた
みどりのくさはみどりの死体です
ともう一人がつぶやいた
ああ　生きているのに
大地の柩に入れられて
つめたい白い釘を打たれて……
みどりのくさはそれにさからって
垂直に刃をあげる
ほそい奴隷です
ともう一人がしずかに言った
おお　おお　おお　とだれかが叫んだ。

ゆめ

ゆめの膜は
どろぼうよけのガラスのように
内側からよく見えて
外からは何一つ見えない
頬と口と鼻を
吸盤のようにガラスに押しあてて
夢中でのぞきこむ顔　顔　顔
あなた方はすぎさった季節の執念ですか
それとも若い
好奇心たっぷりの
季節の子どもたちですか
答えて下さい　ゆめの外側から
ゆめの膜を通りぬけて。

魚を見る男の独白

魚ってやつは一体何を考えてる？　どうせあまり高尚なことじゃないだろうな。なぜこうせわしなく動きまわる？　何が目的で生きてるんだろう。たべものか、セックスか？　たべものを食べたら、セックスを満足させたら、魚は嬉しいのか。嬉しくも悲しくもなく、当り前だと思うのか。当り前とも思わないのか。魚の目には人間はどう見える？　とても上から下まで人間全体は見えるまいな。恐らくガラスのむこうの、ぼうっとした大きな手、のぞきこむ灯台みたいな目、それだけだろう。魚は人間がこわいのか。そう、こわがっていることは確かだ。その証拠にガラスを叩けば、それ、逃げる。しかし、そのこわさは何分、何秒つづく？　すぐ忘れてしまうんじゃないのか。人間みたいに、こわいのはいやだ、こわがるのは恥だとは、考えないだろうな。魚には恐らく自尊心なんかあるまい。自尊心がなければ、へりくだることもない。魚の世界には腕力や体力の強い弱いはあっても、身分の上下貴賤はないわけだ。完全平等。いや、たぶん平等なんてことは考えていないだろう。ただ自分一人が生きてるだけなのだ。待てよ、団体行動をとる魚もたくさんいる。それだって、みんなと同じことをしなきゃいかんのではなくて、ただみんなと同じことをするだけの話なんだ。だれも強制しないし、自分自身にも強制されない。のんきだね。いや、魚は決してのんきだとは思っていないだろう。だれも食事の支度をしてくれない。自分でエサを探さにゃならん。でも、自分でエサを探すことが辛いとは思っていないだろう。それが当り前……いや、当り前という観念は魚にはないのだから、要するに、ただエサを探すだけだ。ただエサを探し、ただ泳ぎ、ただこわがり、ただ生きる。それだけか。もちろん魚はそれだけとは思ってないだろう。魚には、この水、このエサ、この敵、この生活しかありゃしない。想像力なんぞある筈もない。ほかの存在とは関係ないんだな。いや、関係ないとも思ってない。魚が生きている……これでお終いだ。ほかのことばは一切介入の余地なし。魚が生きている……生きているということばも余分だろうな。サカナ……このひとことでいいんだ。サカナ。

　サカナのことばはただひとつ
　サカナ！　サカナ！
　サカナのこころはただひとつ
　サカナ！　サカナ！

黒人霊歌

I

おおぜいに
こんなにおおぜいにとり囲まれて
おれは一人で坐っていた
天気はわるくもなしよくもなし
すこし風がふいていて

遠くの景色は思い出のように
ほら　よくあるだろう
安っぽい思い出のように見えたのだ
これはなんという季節だろうか
一年のうちのどの月でもない
だから一年のどの月でもいい
唄を歌うにはむずかしい季節だった
みんなは歌っていた
すくない言葉になだらかな節をつけて
息をするように　生きるように歌った
そこでおれは喋り出した
唄に逆らうように
とめどなく
ぶざまに喋り出した……

2

みんなは歌っていた
「だれもおれの苦しみを知らない」と
これを言いかえれば
だれもがおれの苦しみを知っている
ということで
ただ苦しみは喉につっかえて
出てこないのだ
鞭とか
コールタールとか
タイムレコーダーとか
ボーナスとか
そんなきれぎれの言葉が
喉の奥にこみあげ
うごめいてはいるけれども
そんなことばは唄にならない
そう　だれもそんな唄を知らない
これをもう一度言いかえると
おれたちはみんな奴隷だということだ
主人や主事や主任や酋長のほかは
一人のこらず奴隷だということだ

だれかは首をかしげるかも知れない
みんな自由だった筈ではないか
みんな鳥のように　トカゲのように
あるいはせめて猿山の猿のように
自由だった筈ではないか
けれどもおれは鏡を見つめる瞬間から
肌の色の奴隷にならざるを得ないし
鏡から目をそむけるにせよ
おれはおれが作りだした考えの奴隷で
これはどこへも持って行きようのない
愚劣だが永い永い苦しみなのだ
ああ黒い人　白い人　黄色い人
青みがかった人　灰色の人　緑色の人
おれたちはもうだれに言われなくても
だれを張り倒し　何をぶちこわし
どこへ走るべきか分っているのだが
毎日の鞭やコールタールや
タイムレコーダーやボーナスや
あののっぺりした鏡のせいで
きれぎれの言葉を唾のように呑みこみ
奴隷にふさわしいわずかの言葉を使って
唄を歌いつづけるだけなのだ
これはすでに苦しみでもなければ
悲しみでも怒りでもない
よしあしは虚栄心とともに吹っ飛んで
これはおれたちの命の水　赤い水
にがい血液
波立ちさわぐおれたちの河なのだ

3

だれだって
どんな放蕩息子だって
おふくろが死んだときには
ちょっと立ちどまるだろう
恐ろしく長い時の流れのなかで
ちょっと立ちどまって

一体こりゃなんだ
おふくろが死んで　いなくなったとは
これは全体どういうことだろうかと
考えないわけにはいかない
想像しろ　放蕩息子よ
はねっかえりの娘たちよ
まじめな青年も少女も想像してくれ
その昔　きみのおふくろが
おふくろを失くしたときのことを
つまりきみがおふくろを失くしたとは
おふくろを失くしたおふくろを失くした
ということなのだ　そしておばあさんは
ひいおばあさんを失くしているし
ひいおばあさんはひいひいおばあさんを……
こうしてずいぶん遠くまでつながって
みんな
そう　一人の例外もなく
母親を失っているのだ

歴史とは大体において
母親を失くすことかもしれない
そして昼間ははねまわり
はしゃぎまわり
でなければ無表情で
歯をくいしばっていた人たちも
歴史の夜がくると
みんなが　一人ずつ
長い列をつくって
ぞろぞろ歩き出すのだ
くらやみのなか
きみには前の人の肩と
うなじしか見えない
みんな夢遊病者のように
両手をさしのべ
ひたすら両手をさしのべ
右足と左足を機械のように動かして
あてもなく　朝を知らずに

歩きに歩き
行きついた暗い所では
馬のように
立ったまま眠るのだ
わずかに
小指や薬指をからませ合って
ああ　遠くまで来てしまった
おふくろからずいぶん遠い所まで来たものだと
溜息をついて
途端に眠りに落ちるのだ

4

おれたちには区切りが必要なんだ
おれたちの暮しは
目もない
鼻もない
口もない
のっぺりした
つるつるの
太くて
長い
でかい
ワイセツなもの
じゃあ決してないんだ
そうだとも！
おれたちの暮しは
むしろしわだらけの
かすり傷だらけの
毛穴だらけの
ヒビやアカギレで裂けた
荒れ放題の肌みたいなもので
その肌にきざまれたたくさんの
細かい細かい区切りが
ぜひともおれたちには必要なんだ
時計が時間を知らせなくっても
暦が日ニチを教えなくっても

祭や旗日があろうとなかろうと
昔から
今でも
おれたちには区切りがあるんだ
だって考えてみてくれ
区切りなしでおれたちは生きられるか
過去のことは　どうでもいい
死んだ人は死んだ人だし
行ってしまった人はもう帰らない
しかし生きているおれたちは
ほんのすこし前の方に
二時間先でもいい
十時間先でも
三日あとでも
一週間あとでも
何かが
何でもいい
わずかばかりの色や光

見た目に美しいきものや
休みの日の太陽や
いろんな味の酒や
もっと小さなものでも構わない
たった一枚の紙幣
でなければ一杯のお茶や
たちまち消える笑顔や
一つの言葉
約束
そう　約束だ
それなしにおれたちは生きられるだろうか
ほんのすこし前の方に
わずかばかりの約束
それなしにおれたちは生きられるだろうか
たそがれどき
一つの星
つづいて一つ
もう一つと

恐ろしく遠くにあらわれる星たちを
待つときのように
5

そうだ　静かに
興奮せずに
だが　確実に
一つの約束へむかって
おれたちは歩き出すのだ
緑の木々はうなだれている
おれたちは罪人のようにふるえている
おれたちの心のなかでは
ラッパが鳴りひびく
これはほかならぬおれたちが吹きならす
出発の合図だ
おれたち以外の
だれにもきこえはしない
忍び足で
爪立ちして
ひとまず奴隷にふさわしい足どりで
おれたちは出発しよう
古めかしい幌馬車が待っている
約束はウソかもしれない
マヤカシかもしれない
だが繰返して言おう
わずかばかりの約束なしで
おれたちは果たして生きられるか
だから約束のあるなしは
それはもう問題じゃない
おどろくほど静かな出発
それだけだ
静かに
興奮せずに
だが確実に……

6

けれども
人間は一コの物体なので
動き出すと加速度が生じる
人間の心も一種の物体なので
出発すれば弾みが出てくる
旅が始まり
ひとたび奴隷の場から離れれば
陽気になるのが当然じゃないか
賢い人は言うだろう
他人の山はきれいに見えるが
行ってみりゃそこもただの山
地球はどこもかしこも苦しみの場で
旅は無意味だ　足袋でもつくろえ
でもこれは物見遊山の旅行じゃないんだ
もうここにいなくてもいいということ
もうここに飽きあきだということ
だから勝ち負けは判然としていない
おれたちはここから逃げ出すのか

それともどこかへ攻めて行くのか
行きか帰りか　初めか終りか
ああ　そんなことは勝手に決めてくれ
肝心なのは
おれたちが次第に騒がしく
興奮して歩き始めるとき
あとに残したものがみるみる遠ざかり
行手のものがだんだん見えてくること
そしてとつぜん奇蹟のように
声をそろえて
おれたちが叫び出すこと
「用意はいいぞ!」

7

見えてくる
見えるべきものが見えてくる
まぼろしのように
おれたちの暮しの総決算

定められた一日が
すべてを呑みこむ河のように
渡るべき河のように
遠くにきらめき
いくらか近づき
ふたたび遠ざかり
さらに遠ざかり
もっと遠ざかり
鎮まって……

あみだのいる風景

みんな死んだ

坊さんも
鉄砲を握った百姓も
いかつい一本足の男も
祈る女も食う子供も叱る年寄も
みんな殺された

あみだにょらいは残った

あみださん　ゆるしてくれ
人間はいつだって戦うんだ
ただし　ああ　ああ
一人で戦うとコッケイで
大勢で戦うと悲しいだけだ

忍者も殺された

殺された奴らの呪いを
そよぐ梢に　なびく草に
石垣に天守閣に竹矢来に
今どき血まなこで探すなら
権力者よ

絶滅計画は成功したんだ
呪いも殺された

殺せ　殺せ　古い呪いを
あみださん　みそなわせ
新しい執念の芽が
ほれ　こんなに不揃いに
伸び始めている！

一九六三年秋

空には雲が
ひとつもなかった
街には結婚披露が
劇場には人と楽器の声が
よりどりみどり　あふれていた

紙幣は一つの袋から他の袋へ
すばやく　ゆっくり　とどこおり　流れた
最大の暖房器具　太陽は
完全燃焼のコロナをふきあげた

女はブラウスをぬぎ
非常に薄い下着をぬいで
決然とねどこへ入った
男はズボンをはき
非常に厚い外套をきて
決然とねどこへ入った
あたためられたものと冷えきったものが
すこしずつ溶けあい
氷のように汗をかいて
まもなく不思議は一つもなくなった

ますます厚くなるもの
ますます薄くなるもの

すべてを包みこむ声
大きすぎて誰にもきこえない
きちがいじみた声
ひきのばされて　ひきのばされて
もう信じられなくなった
ひきのばされて　ひきのばされて
恐ろしく細長くなった
餅のように重い
連続的な
死のかたち。

十一のデッサン

1 ‖ テープは切れた

あなたは
わたしの名を叫びながら
船と並んで岩壁を走った
わたしは心配だ
あなたがそのまま走りつづけて
岩壁のはずれから
くろい水のなかへ
すとんと
落っこったんじゃないかと。

2 ‖ 航海

かもめは追ってくる

代議士は眠る
テーブルはボルシチと
塩胡椒をのせて
ゆっくりかたむく

「あれが日本の
最後の島です」
「あそこに農協はあるのかね」

フランス人は金を賭ける
ドイツ人は無言で通りすぎる
船長は啄木の詩を読む
わたしは狂ったピアノで
グルジアの唄を弾く

熱湯が便器を走る

もうこうなったら
何が始まろうと驚かない
たとえおふくろが
白装束で現われて
みごとに割腹しようとも。

3‖白ロシアの朝の唄

飽きはすぐくる　とつくには
まずたべもので
次に博物館で
われらを悩ます　ああ
マヤコフスキーよ
彼の関知せぬ卒論指導員よ
にしんよ　蝶鮫よ
素朴反映論よ
ああ

だが一夜

大日本芸妓組合を夢に見て
目ざめれば零下二十三度
灰色のバスにのせられて
ゆられゆられてミンスクの
着いたところは休息の家
第二次大戦の一本足の老兵に
真実を書かざるべからずとはげまされ
椅子にすわれば食堂の
窓から
くっきり太陽光線
何かがどこかで啼いている
ウェイトレスは微笑して
二重の扉や二重の窓を
しきりにのぞいて調べるが
なおさらどこかで啼いている
床下それとも天井かしら
そとはいちめんゆきのはら
高い窓は密封されて

それでもテーブルクロースに
こぼれてながれるひかりと
ウォッカと平和談義と
ゆめのたべものの
あさのかおりのなかで
必死に啼きつづける
見えない猫。

4＝プライドの問題

大理の石に囲まれて
なまめく光に両の手と
顔をば晒すレーニンの
かたわらに立つ守護の
兵士よ　頰の赤い

きみのこころとおたまやと
どちらがどちらを覆っているのだ

一括させてくれ　われわれと
呼ばせてくれ　今を去る
二十年前に手を切って
そのままなのだ　われわれと
国家的小細工とは

だれも拝まない　ひざまずかない　だが
寒さのせいか　プライドか　わたしの喉に
つぶつぶのすっぱい叫びがこみあげる
くそ　くそ　くそ
レーニンは高められわれわれは貶められた
またはその逆か
くそ　くそ
もしくはみんなやられたのか
くそ。

5‖アヴローラのガンルーム

今世紀の初め頃
メッシナに大地震があった
たぶんエトナが腹を立てたのだろう
でなければ死んだハイネのさしがねか
炎と瓦礫のなかでひとりの市民が
マルコーニの発明物にかじりついた
旗を押し立てて走ってきたのは
アヴローラの乗組員だ

シチリアの民芸画家がその有様を描いた
画面中央　裸の女が髪ふりみだし
民衆を勝利に導くときのように
民衆の不幸を代表している……
水兵たちは画家の幸福な技術によって
すでに国籍を失っている……

レニングラード
ネヴァ河畔
アヴローラのガンルームに
その絵がある
ガーナの織物と並んで
ポチエ作詞ドジェテール作曲の唄の
肉筆楽譜とむかいあわせに。

6＝国際交流

われわれでなければ
われわれのこどもが……
でなければ孫と孫とが……

その通り　われわれは貝のぬけがらや
死んだことばを背負っているから駄目だ
底の泥までわかりあえるのは
まだどこにもいない者だけだろう

かれらを探せ　風景をうらがえして
だがこの上なく甘美な言いまわしは
ここで聞き　あそこで聞き　かしこで聞くと
はや擦り切れ始める　なにとぞ許せ
塩を好むわれわれのきれいずきを

われわれは裸だ
ほころびないことばは一つもない
われわれは寒い
ことばの叔父は破産した
すべてはいつでもどこでもこれからだ
すれっからしのことばの群を泳ぎ抜けて
もしも死の城壁につきあたったら
もういちど生活の海に
ひっかえしたいくらいだ。

7＝くにざかい

車輪が称える
越境せい　発狂せい

雪野原に締めつけられて三人
女車掌と税関吏とわたしと
これがくにざかいだ
ゾーンと
赤白だんだらの棒二本と
国境警備隊と通貨交換率と
これでぜんぶだ　冷えた車室で
わたしはペンを握る
書類がわたしを見つめる
パスポートとビザと注射の証明書と
これで完璧だ　金も替えた
けれどもわたしの頭蓋の
完全自動霜とり冷蔵庫では
中味はひんやり保存されたままだ
行手の国家は構わないのか
こんな変なのを入れても？
ほんとうに？
「興奮しないで」と女車掌
「武器はないわね？
生きた鳩も？」

8＝沈黙の命令

プラハの
フラッチャニー城の
ゴチック式の大伽藍を
氷柱のように折る一つの巨大な手を想像せよ
尖塔を百八十度反対方向に突き刺しても
地下牢で死んだ囚人の心には届かない

その囚人の
死にゆくさまを
錬金術師よ
スローモーションのビデオテープで再現せよ

松明に照らされ
血の気を失くした囚人は
食物を投げ与えるあなたを垂直に見上げて
とつぜん微笑し
誓いのように呟くだろう
「人が人をさいなむ景色ほど
われらに魅力的なものはない」
その声はくりぬかれた岩にこだまするだろう

沈黙せよ。

9＝プラハの恋人たち

男の右手に
女の左手を重ねて
その上に男の左手と
女の右手を重ねて
四枚のてのひらの
塚をはさんで
ふたりは見つめあって
レストランのレースの
カーテンからかすかに
ひかりのけむりが流れこんで
女のふたつの目に
濃いなみだがあふれて
その真空のテーブルに
ぶしつけな異国の旅人の
ひやかしのことばが投げられて
もう若くないふたりの恋人の

ひる一時間の逢瀬に
一時間ぶんだけ
地球は
律儀に
まわって。

10＝ナホトカにて

港にきたが
船はいつ出るのか
ナホトカの町はずれの
日本人墓地の雪の斜面を
管理する耳の遠い老人は
つぶやく「夏にくれば……
夏なら草も花も……」
病気の若者は板の上で
半身をかすかにもちあげ
海を見る　きらめく海と
死ぬ若者と老人と
夏の花と雪の斜面を
わたしは同時に見る
水平線に立ちあがるまぼろしは
あれは祖国ではない
ながい女の髪でもない
悲しみの雲でもない
二十年
百年
出発をこばまれたわたしの
腐った歯からこぼれて
みるみるふくれあがる声
唯一の声だ
船はいつ出るのか。

11＝凪

船のいちばん高い所に

陽を浴びてすわっていると
もっとも幸福な航海者
もっとも悲惨な航海者
そして無数の
中間的航海者の
ことごとくの視線を呑みこんだ
ひとつの波が
見えてくる。

(『岩田宏詩集』一九六六年思潮社刊)

詩集〈最前線〉から

海難

売り買いの船が
海流のまんなかに
錨を下ろして動かない
理解もし乖離も
するが(ああ)決して
怒りには花を捧げぬ友らよ
諸兄の参集日は私の弔いの日だ
現し世ではもはや二度と逢えまい
麗しの諸兄の言葉は既にして
渦潮に没せんとする船の帆柱の
セントエルモの火だ。

海底の騎士

髪は伸びて
目と頬を覆い
肩から臍に達する
右手には緑青の剣
左手には紋章の楯
巨大な鼻と兜で
水底の騎士は魚を脅す
細長い海溝を跨ぎ
海底山脈を越え
貴殿はどこへ行くのか
もはや水圧を感じず
もはや孤独を覚えず
プランクトンをかきわけ
きわめてゆるやかに
貴殿はどこへ？

海を見る

何ものかに
沖へ引かれてゆく
舟のうしろすがた
入水者のうしろすがた
立ち去る登場人物の
くたびれた幅広い背中
かくて語り伝えは
ナトリウムの中に溶ける
塩からい語りくち
苦いことばよ
空虚な陸地では
けものの心も空っぽで
だれもが青い拡がりに
水気のない目を
ただ瞠る。

凪

ここではない
ゆびさせない
とどかない
あそこなのか
くもではない
きこえるか
いりひのうめき
それではない
だれがこたえる
ひとはかたむく
みみはもえる
うみではない
しずかに！
ちがう！

生殖

ふえる
ふるえる
ふるえつつふえる
恐ろしく小さな不規則
恐ろしく大きな法則
むきだしの物は人を撃つ
物を完全に占領した色彩
ふるえつつふえるむきだしの色彩
迅速な可塑性の亀。

転落の伝説

ころがり落ちる
石につづいて心も
みぎわから水のなかへ

そして鳥は勝ち誇る
見ろ！　極彩色の
文化の転落のさまを
やさしい伴奏者は
風だけだ　それも鎮まり
まひるのしじまを貫いて
一個の伝説が沈下する
コップのように
ゆるやかに。

幕切れ

水平線にむかって
溜息が
紐のように伸びてゆく
とても自然に
超自然的に

ほうら
先端がまだ見えますか
見えても
もう実態は忘れた
想像するしかない
そして全人類の声が
溜息を追う
「終りは
かくも静かであるだろう
静かに暗くなるだろう」

海への慰め

いつも荒れ狂い
絶え間なく吠えつづけ
四六時中虐げられて
一体だれが

だれが生きられるだろう
くらやみの塊をつらぬいて
細く鋭く短い声が
「あなたには意味がある」と
それだけ発言すればいい
すぐさま現れる白鳥
疲れた漣の皮膚を撫でる風の指頭。

もりあがりの唄

もりあがれ
猛烈にもりあがれ
早春の大気の
圧力へむかって
盲人のようにもりあがれ
さかなのかたちで
鯨のかたちで
燃えあがるように
もがきつつもりあがれ
冷然と残るのは
岩ではない意志だ
それを若い観光客が
礼拝するのだ。

海を叱る

「にもかかわらず」の波
「それでも」の潮の流れ
「なおかつ」のうねり
いずれも正義に紙一重だが
惜しいかな　浅い所では
野卑の岩が透けて見える
やんれ居直りの海　お前は
海賊を好むが　じぶんを

改造する意志をもたぬ
そんなことでは真冬の心で
凍え死ぬばかりだ
波がしらさえうなだれて。

海の春

すべては遠い
極寒からも遠く
酷暑へも遠い
百姓の姿はなく
甘藷は彼方にある
蟹は甲羅に似せて
穴を掘り　すでに
甲羅は念頭になく
すべては遠ざかる
貝は管理人から
船は指と電鍵から
海は海から遠ざかり
ひねもすおのれを
忘れる。

大規模な食事

光に刺されて
色素は歓声をあげる
いちめんに声を浴びて
微生物は思わず分裂する
どこだ　かれらの過去は？
深みの青の奥底か？
いつも湿った岩の褥か？
決して現場を離れず
恐るべき風速に耐えた者の
歌のように美しい権利で

自然は今
過去を拒み
時を食らう。

みんなが歌っている

卑怯なカーテンの
隙間から氷を見ると
氷は唄を歌いながら来る
公明正大なベッドの上で
恋の二人はその唄を聴く
私は隣の寒い部屋で
氷の恋の呻きを聴く
みんなが耳をすまし
みんなが耳をふさぎ
僅かなミツマタのお金を
並べ換えたり弾《はじ》いたりする
凍てつく通りを通りながら
湯気の唄を歌う若者は
徐々に遠ざかり唄は残り
私と氷のあいだには
卑怯なカーテンただ一枚!

満場騒然

もちっとの辛抱だ　俺も君も
みんな怺え性のない老人になる
そしたらエレキやビードロの節に合わせて
ゆうらりと踊り始めよう　人波の上に
GOGOGIRLは突出するだろう
ぶうつばんざい　かもじばんざい
俺たちは決してヘルメットをぬがずに
その場の秩序を圧倒的に承認しよう
しかるのちに醜い指は黒髪を下から摑んで

一瞬　娘を引きずりおろすだろう。

権力は老人だ　だからお前さんは……

権力は老人だ
だからお前さんは
としとりさえすりゃいい
頭の悶えはとれるだろう
胸毛は雲なしの空に洗われるだろう
催涙ガスはくるぶしをくすぐるだろう
カミナリサマヲシタニキク……
なつかしい戦慄だ
恥かしい旋律だ
特大の合唱を飽きるほど聞かされて
特大の合唱に飽きちまったよおれは！
特大の合唱が体に合わない連中は
なんだか洗濯物みたいに縮んで
がりがりの詩なんかこさえていたけれども
昭和二十年三月十日午後四時三十分
おれのおふくろは腰を抜かした
ほんとに腰を抜かしたんだ
おもしろかったよ
見せたかったよ！
以来わたくしの畢生の願いは
としよりが立てなくなるところを
せめてもう一ぺんだけ目撃することで
ゆんべも夢に見た
ラスコーリニコフもどきにさ
斧でさ　おふくろをさ
そいでベニヤの箱に詰めてさ
紅や白粉や付け睫毛やスプレー
それから夢は濛々として……
ぼくはまっくらなレストランにすわっておりました
レストランなのですが電気はついておりません
夢の中がまっくらなのを見たことありますか

八時半だから九時まで待てとチェコ人に言われて
半時間経ちますとあたりは（夢のように）明るくなり
柘榴色のジュークボックスほのかに浮かびあがり……
また音楽か……リクエストか……しみったれた
半日ストか……退屈だ……死ミソウダ……
ナントカシテクレ……若者はその二頭股筋で
刻一刻　毎秒毎秒　権力をつくる
それは緩慢な母親の露知らぬことだ
腕立て伏せを五十回やってみろ
三百回つづけさまに縄跳びをやってみろ
そしたらいかなお前さんでも分るだろ
私たちが心ならずも上昇し上昇しつづけ
上半身は稀薄な青に染められているのが
しかりしこうして死を暫し忍ぶべく
私たちは好んで頭を低め上目を使い
沈澱物にでんと鎮座ましますのだ
おいらもそうだった　よく乾いた屑を拾い
おのれを貶めることならなんでもやった

もうできない！　私は伸びをする
腰には淫らな雲わだかまり足は放水車踏んまえ
すでにして上体はケンだ　下体はリョクだ
みんな走って来い！　学生も労働者も市民も
死んだ老人も　まだ生きてやがる老人も
私を叩きのめせ　殴り殺せ
頭蓋陥没　頭部裂傷　全身打撲
脳内出血　肩骨脱臼　陰嚢打撲
塩化アセトフェノン　四塩化エチレン
エンカ　エンカ　レンノン　ガンガンガン
コッカ！

死者に

灰も花も蜂の針も
縦横の文字も
警棒も経営も経典も

すべてがあなたを襲って倒した
悲しみの鎌はわたしの夢魔の力で
歪み　ひきつり　異様に輝き
希望やあきらめの草を薙ぎ払おうとする
あなたは赤く燃えるブラウン管の
煤と埃にまみれた配線の奥に隠されて
死の少し手前の窪地にうずくまるが
早く　見知らぬわたしと再会してくれ
この明白な暴力世界の麓のあたりで
あなたはあなたの分け前を生きるのだ
導火線の青い毛糸を指にからませ
革命の果肉を噛みながら。

ある日……

きっかけもなく　だんどりもなく
古い世界はほころびてほろびた
張りを失った架線の下で
楽器店は庇まで灰に埋った
土地の所有権はかすかに移動した
わたしは思い出した　煙と軌道のあいだで
チャンネルのつまみを　小さな盛り塩を
それら価値なきかけらが耳のなかで
永く泣くことをわたしは覚った。

震えるひよっこ

もしもぼくの
どこか奥のほうに
血やリンパ液に洗われて
ころころしたこころがあるなら
死んだ友　きみは胎児のかたちで
そのなかに休憩しているのだ
ぼくも休みたいよ　二人揃ったら

暇つぶしに何の話をしようか
赫ら顔の親爺　極彩色の鸚鵡
たくましくやさしい色白のむすめ
全速力できみを追いかけたファシスト
そう　きみだけだ　この三十四年間に
ぼくを絶讃したひとは　その褒めことばは
埃と闇のなかで刺すように光った
覚えている？　非常に申しわけないが
きみの評価には若干の誤りがあったよ
きみは青二才だ　若僧だ　世間知らずだ
そして震えるひよっこのままで死んだのだ
むすめやファシストと手を切り
もう二度と鸚鵡を見ず親爺を殴らず
ぼくを褒めっぱなしで

死人とはなんだ
死人のこころとはなんのことだ
そのころころしたこころに

辛うじて収まっているぼくとは
なんなんだ一体全体？
え？

フィレンツェにて

洞窟に

知恵者のフクロウが
黄色い美しい目を瞠って言う
「万物は混交し
まじりあいにこそ楽しみがある
単一の色　単一の味
単一の時はどこにもない
そう　安全と不安
そう　恩寵と迷惑」
美しいフクロウに励まされて
旅の男は

踏みこみ

石の男のかたち
貝殻の女のかたちに
うっとり語りかける
「なるほどわたしはここにいるが
あたかもここにはいない気持だ
耳は小鳥の囀りに奪われ
目はニンフやヴィナスに奪われ
しかも奪われぬものはわたしのなかで
むっつりすわりこんでいる
果して過去は未来に似るのか
洞窟は公共のものであり
わたしひとりのものだ
おお　おみな！
おうな！」
うしろから香水のように忍び寄り
いかが？　と目くばせするのは
賢明なフクロウだ

同時に
あらゆる囀りは消え失せ
あらゆる光は死に絶える
「これは何のことですか」
「だれかがスイッチを切った
それ以上の意味はない
おお　無意味な意味！
意味ある無意味！」

ザルツブルグにて

歯は金に
屋根はスレートに
しかばねは特大の国旗に
いつもどこでもいつまでも覆われて
すべすべの
すべての世界に飽きた旅の男は

犬のように芝生にねそべる
カバー・ガールよ
カバー・ガールよ
きみが包み隠すものを見せろ
地下鉄の工事は盛んだが
黄色い帽子をかぶった若者は
ついぞ本質を掘りあてたことがない
なめらかでなだらかな
側《がわ》で成り立つ世界の
そのまたうわっつらを
彫像どもが滑ってやってくる
ラテンの神々
その子分の大鹿仔鹿
逢瀬のパリス
灰神楽のシンデレラ
みんな口その他の穴から
水と極微量の塩化ナトリウムを噴出し
みずからもしとどに濡れて

しどけない呪文を繰返す
すぽうと　すぷらうと　あうと……
すぽうと　すぷらうと　あうと……
旅の男はつるし柿をたべる
ホーエンザルツブルグの鐘が鳴る
すぽうと　すぷらうと　あうと……
周囲の芝生に異変を感じて男は呻く
もう我慢できない！
そして押えこみの姿勢をとるが
すでに逆流する滝は男の全身を捧げもち
大地から射出する瑞々しい本質のただなかで
男は四つん這いのいけにえの彫像になる
だれかがその上に透明な空をかぶせる
カプセルのように。

プラハの血

旅の男の爪先から
石畳が放射状に涌き起こる
涌き起こっては密になり
遠い蜘蛛の巣になり
闇になる
もし！
案内のひと！
だが声は夢のなかのピンポン玉のように
ふうわりと壁にぶつかり
いくたびもぶつかり
気違いじみた道筋を経て舞い戻ると
旅の男の唇をこじあけ
喉の粘膜にむしゃぶりつく
ひとりだ
回廊にはだれもいない
盲窓にはやさしさがない

中庭は馬と落書と
かぞえきれぬかすかな割れ目と
擦り傷と刺し傷と
処刑された男の記録で
洗濯籠のようにいっぱいだ
むりにドアをあければ
囁きと絶叫が流れ出すだろう
ビールの巨大な泡が襲いかかるだろう
疲労と確信に追われて
旅の男は石の壁にもたれかかる
その荒い肌を撫でながら呟く
すべての経験が指し示すところによれば
撫でつづけるとき
夢も石もやわらかになると
やがて血がしたたり始める
鉄の処女の裾から受け皿へしたたるように。

れくいえむ

どーみね……
過去はほとんど責苦であります
若干数のスローガンで
解き放てるものは解き放つべし
残余は音階に叩きこもう

れくいえむ　えてーるなむ……
ピアノの蓋のまよなかの平原に
巨大なガリクルチの月が昇った
親しいひとを憎しみ
敵を友に変えるための戦争があり
もしかすると音楽は
ただの習慣ではなかったか

えと　るっくす　ぺるぺーとあ……
地球の半面はつねに闇に覆われ
めくらはつねに明るさにあこがれ
芸術家はせいぜい薄暮を慕います
貧相な実験は否定するが
科学者のように悩むのもよかろう
るーちぇあっと　えーいす……
そして聴衆のようにだるくなって

（『最前線』一九七二年青土社刊）

詩集未収録詩篇

happy roads

雲助よ
馬方よ
かじかんだ指で摑め
雲形定規を

霧と
予算と
砕石の山から生れた
インターチェンジ

道路は疾走する
天守閣から世界銀行へ
あらゆる輦台とレンタカーを追い越し
路肩で風を切って
真紅のみみずくや
空飛ぶ獣を掲げた茶店には
栃の団子とガソリン
簡略な恋

国家の骨格
産業の残響のなかを
サングラスをかけた未来は走る
過去をトランクに監禁して。

〔一九六七〕

〔『同志たち、ごはんですよ』一九七三年草思社刊〕

粒子のきらめき

ダッシュボードの
緑色の数字のなかを
オレンジ色の矢がゆるやかに
伸びたり縮んだりする

フロントガラスには
一点のしみもないが
よく見ると埃か
あるいは未確認飛行物体の破片か
微細な粒子がところどころにきらめく
時間がキロ数を食べるにつれて
外からの
視線は
ますます強くますますます明るく
がらんどうの心を覗きこむ
すべての山や草や
河原の石に
人格を与えたいという願いは
むなしくはねかえされて
行手は重畳たる美しい非個性
こうして速度から生れるのだ
宇宙生物との友情が。

〔一九六七〕
（『同志たち、ごはんですよ』から）

会葬

いつか石原吉郎は私の娘のために小児用バーベルを買い、
同じ日、酔ってフラメンコを踊った。

ぼくにはよく分らない
秋の花も　祭司のことばも
なぜ今ことばが要るのだろう
みんなは階段に列をつくっている
空は藍色で　石の建物は冷たい
高気圧はシベリヤ地方から
伊豆半島まで張り出している
日だまりに立って　ぼくは思い出す
土は争いのたねで　土を拒む人は
外国のことばを学び　スペインでは
内乱が終熄した　どこの教会にも
偽善者がいるし　だれの心も
カスタネットと自動小銃のあいだで
すこしずつ冷えてゆくらしい
ぼくにはどうも分らない

自殺はひとつの贅沢だろうか
詩になりそこねたことばの群が
風に吹かれて商店街に散らばるのは
そんなに悲しい眺めだろうか
諦めて帰るのは会葬者だけではない
年上や年下のともがらを語らって
冷たい葡萄酒をぼくは飲む
黒いネクタイを締めたままで
むしろ屈託なく喋りちらす
詩人もまた冷えきって
一人で死ぬのだと。

〔一九七八〕

（『いただきますする』一九七八年草思社刊）

ぼくは天才じゃない

氷にひびが入って
なんだかきたないものが
滲んでる　言いたかないけど
ぼくは天才じゃない

赤い太陽は黄色い太陽
紫の太陽は色なし太陽
痛いよう　言いたかないけど
ぼくは天才じゃない

もうじき鼻の下　腋の下
指にも股にも毛が生える
百回剃れ　百回生える　ぼくは
毛だらけだ　天才じゃない

眠るとき　からだは少し
浮かびあがり　目がさめると
ふとんに墜落してる　ぼくは
どうやら天才じゃない

朝トーストをたべる犬
昼ペーストをなめる猫

夜中にテストを呑みこむウサギ
ぼくはやっぱり天才じゃない

言いたかないけど母さんは
スーパーで買物をする　台所で
米をとぐ　そんならぼくは
ぜったい天才じゃない

まっかな柱　暑くて寒い
盆と正月がいっぺんに来たんだ
こんど正月にはんぺんを切ったら
ぼくはもう天才じゃない

テレビで見たのは目玉を歩く蠅
UFOから下りる内閣総理大臣
番組はいつも最終回で　ぼくは
もちろん天才じゃない

Are you ready ?

No, I'm a boy.
よくもみんな笑ったな　ぼくも
笑ったから天才じゃない

父さんはまだ帰らない
妹は脚立《きゃたつ》に変身してる
みんなこたつに集まれ　ぼくは
天才じゃない　へへ　ぼくは
天才では御座居ません

（一九八五）

（『雷雨をやりすごす』一九九四年草思社刊）

イギリス海岸まで

なぜ bull-shin《ブルシン》をそれほど蔑むのかと私はよく尋ねられる。この質問は尤もである。いかにも、あのような物件は崇めるべきものではないが、さりとて蔑むべきものでもなく、わざとらしい軽蔑は崇拝の単なる裏返しにすぎない。だが私の蔑みの甚だしさは決して私自身の責任ではないと思う。早い話が、数さえ正確に数えられぬ相手を一体誰が尊敬するだろうか。就学前の幼児ですら一ダース内外の麒麟を苦もなく数えあげてしまう。ところが bull-shin の奴は、人々が旗や角材を持って街頭へ繰り出すとき、当事者と当局の発表した人数を鸚鵡返しに繰返すだけで、自ら指折り数えることはできないのである。これほど単純な作業を行なう意志も能力も持ち合せぬ輩が、今仮に政治や経済を真顔で論じたとしても、その論説を俄かに信用できよう筈はない。まして牛の脛が芸術を語るとき、その言葉を鵜呑みにすることは消化器にとって大層危険である。一つの便法として、私は牛の脛の意見の正確に逆の意見を採用することに決めている。脛野郎が推薦する書物は絶対に読まず、脛野郎が非難する芝居は必ず観に行くといった具合に。

勿論これはただのつむじまがりの遣り口であって、直截な青少年に勧められる方法ではないが、圧倒的多数に異を立てるつむじまがりの悲しみというものを私は積極的に評価している。即ち、このような蔑みと綯い交ぜになった悲しみは驚くほどの浸透力を持ち、いわゆる「四角い座敷を丸く掃く」のではなく現象の末端にまで行き渡るのである。末端は以前から私の主題であった。例えばこの文章を書いている今、傍の bull-shin の活字が「岩手県花巻市のタクシー経営者……争議中の組合員全員を解雇し……もう二十日も雲隠れ……」とかぼそく叫ぶのを聞いて、私はこの報道の信憑性を些かも疑わぬばかりか、更には自分の空想のくさぐさを事実の叺に混入せしめようとする。私のサゲシミ又はカナスミが探り出してくるものはどのみち断片であるけれども、断片が永遠に断片にとどまるか否かは私の関知するところではない。かつて全体であり、劇的な過程を経て破片となったものは、フィルムの逆回転のようにいずれは全体に復帰するだろう。しかし私の仕事は劇的ならざる破片の生態を記録することである。要するに私は田舎町の新聞記者に共感しながらも、この子供じみて残虐な経営者の惹起した事態を一つの突発事件とは見ない。これはいわば物事のありようであって、相当の長期間かつ広範囲にわたる設問への答であると考えなければならない。まこと、いつでもどこでも人はこのようにして解雇されるのである。

解雇に関して少しでも触れたからには、募集についても書くのが当然であろう。花巻市の町外れのグラウンドでは紺色の機動隊員たちが整列していた。これは募集された人たちである。私は責任をもって私の目でその人数を三十四名（指揮官を含めて）と確かめた。だが更に薄気味の悪い募集は町中に見られた。この町には緩やかで長い坂道が幾つかあるが、一つの坂の中程の工務店、家具店、農機具店、眼鏡店などと並んで一軒の洋裁店があり、そのウィンドウの片隅に一枚のポスターが内側からセロテープで留めてあった。二十数年前ならば洋裁店は文化的橋頭堡であり、ガラスと布地とパネルの簡単な組合せが私たちに男女の交際や権利義務やダンスパーティを連想させたのだったが、今はもう洋裁店は洋裁以外の何物をも連想させせない。けれどもこの坂の中途の洋裁店のたたずまいには在りし日の面影があると私は思った。それは直観であって理由は説明不可能だが、多分ウィンドウに対する太陽光線の入射角と何か関係があるのだろう。私はガラスに近寄った。模造紙の手書きの文字はこう語っていた。

世にままならぬもの三つあり
金と女と音楽である
金と女が叶わぬならば
せめて合唱でもやってみませんか

息を吸いこむ極短い間、私はこの言葉の意味がとんと分らなかった。だが気を鎮めて見直せば、その四行に続けて「男声パート募集中、××混声合唱団」と明記されていた。私は息を吐きながら、このポスターを製作した人、このポスターを見て応募する人、その応募者を迎え入れる人の、顔、顔、顔を心に描こうとした。辛くも浮び上ってきたそれらの面貌は異なる惑星からの侵入者のように、見知らぬ厳しさと泣きたいほどの懐かしさの間で不気味に脈動を繰返すのだった。

私は国道四号線にむかって坂道を下り続けた。芒種直前の太陽はあらゆる旅行者の予想を裏切る烈しさで照りつけていた。喉の乾きを抑えようと私は飲みものを売る店を探したが、見渡す限り町の通りは実用品と消耗品に満たされ、飲みものと憩いのみを商う店は見当らなかった。この町の住民にしてみれば、コーヒーや紅茶は実用品でも消耗品でもなく、それらを嗜むことは習慣に反するばかりか多少うしろめたい行為でもあるらしい。それかあらぬか、この町でも近くの二、三の町でも喫茶店は殆どが裏通り若しくは人目につきにくい場所にあり、表通りから不安な気持で二十メートルも路地を辿って「営業中」の札だけを頼りにドアを押すと、内部は突如として超現代的な飾り付けであり、店主が脱俗したようにカラーテレビの画面を凝視していたりするのだった。(酒場の数は遙かに多いが、このことは酒場についてもほぼ当て嵌まる。異なる点は、入口の扉に掛かった「十八歳未満の方お断り」の分厚い大きな木札である)。坂道を下り切って国道に出ると、太陽の熱気のほかに埃と排気ガスが私に付き纏い始めた。しかし国道には運転者相手の何らかの施設があるに違いない。案の定、まもなく前方右手に上から下までガラス張りの角張ったドームとでも言うべき建物が見え、あの見馴れた赤と白の清涼飲料水の看板が確かに認められた。足を速めて近づくと、それは喫茶店ではなく、清涼飲料水を商う会社の示威的事務所であった。女の事務員も、男の労務者も、一人残らず赤と白のマークを背中に捺染された服を着て、計算し、整理し、積み込み、送り出していた。服のみならず、車にも、窓ガラスにも、帽子の庇にも、伝票にも、赤白のマークは汎濫していた。国道を隔てて事務所の筋向いには、同じ清涼飲料水を薄緑色の小壜に詰めるための巨大な工場があり、そこにもまたマークとお仕着せが満ち溢れていた。工場の塀の代りには埃をかぶった美しい植込みがあり、前庭には池と噴水があり、工場の壁面はこれまた素通しの強化ガラスで出来ていて、諸工程は明々白々であった。

私は国道から左へ折れて幅広い未舗装の道に入った。その道は私にとっても、今し方見た工場で働く人たちにとっても帰り道なのだが、白い土埃に覆われた砂利道は小さなバイクが通過しただけでも忽ち白い遮蔽幕を掲げ、両側に居並ぶ社宅はそのたびに数秒間見えなくなるのだった。しかも歩道として一段高くなった所は、随処に舗装用の砂利を山と積み重ねた段階で工事が中断されたらしく、ぺんぺん草その他の雑草が伸び放題に伸び、私は歩道と車道の間の下水溝の石蓋の上をファッション・モデルのように釣合を取りつつ歩かねばならなかった。人一人の通行に必要なだけ雑草と砂利を取り払ってある場所は即ち各社宅の入口で、いずれも木造平家二DK見当の一軒一軒は申し合せたように羽目板を焦茶色に、雨樋を濃緑色に塗り、白い臍のような呼鈴を取り付けてあった。雨樋の緑色が私に十五年前の小さな事件を思い出させた。年上の友人の新築の家を訪ねた私は、自ら買って出て脚立に登り、緑のペンキを雨樋に塗った。瓦屋根の端に沿った水平の部分は、中にごみが厚く積っていて塗るのに大層難渋した。下から見えぬのを幸い、私は中央のあたりを十センチほど塗り残した。台風が五回襲わぬうちに、あそこは腐って、樋はまんなかからぽっきり折れただろう……行手の土埃の中から松葉杖を突いた男がゆるゆると現れた。鋭い目で私を見てから、立ちどまり、突然腹痛を起したように上体を折り曲げた。地に突いた細い杖と一本の足の上で、体は信じられぬほど丸まり、男はその瞬間フラミンゴに変身したように見えた。私は駆け寄ろうとしたが、よく見れば相手は腰を屈めて片手で巧みに煙草の火をつけただけなのだった。

男と擦れ違ってから百メートルも行かぬうちに、もう一人、足の不自由な人が現れた。私は土埃の晴れ間を待ち、不審の目であたりを見まわすと、左手に公園があり、道の反対側には整形外科の病院があった。帰り道は住宅と病院と公園とを擁していたのである。公園のベンチには頸にギブスを嵌めた若い男がつくねんと坐り、恐ろしく高い梢で啼きかわす二羽の鳥を眺めていた。

駅前でタクシーに乗りこみ、「イギリス海岸へ……」と指示したとき、私の靴は化粧したように白く、喉の粘膜は痛み、外界は極淡い無定形の縞模様に揺れていた。これは私が疲労したときに決って起る現象である。目の充血につれて縞模様には赤黒い色がつき始め、その不安定な流動性は木星の表面に似ていたから、私は必然的にあの大赤斑のことを考え、経済の侵略にやすやすと身を委ねるこの町の比喩としての木星を思い浮べた。権柄ずくの大赤斑、物貰い状のあの醜悪な奴は、瞳を凝らせば必ずどこかに見えてくるに相違ない。だが私は比喩の悪癖を押しとどめ、現実の小さな大赤斑、つまりこれは全くの偶然なのだが、私の乗ったタクシーの運転手の左目に出来ている物貰いに注意を集中した。運転手は非常に快活な男で、車が先程の埃道を通って国道を突っ切り北上川の堤防にむかって走る間、この町の人々の本日の最大関心事を語ってくれた。NHKの公開番組の録画が今夜この町で行われること、そのために二人の歌手、いしだあゆみとバーブ佐竹が既にこの町に到着したこと、司会者のMはきのうから来ていて昨夜は十二時まで某酒場にいたこと、等々。私たちの車は畑中の道を進み、堤防の斜面を一気に登った。堤防の上には三台の車がとまっていたが、その一台はタクシーであり、先着の運転手は私たちの車に親しげな笑顔を向けた。すると私を運んでくれた運転手は突然霊感に憑かれたようになり、車の窓から首を突き出すや、麦粒腫のために大きさの不揃いな両眼を精一杯見開いて叫んだ。

「いしだあゆみか?」

先着の運転手は堤防の下を顎で指した。

「ああ、今その辺にいるよ」

私たちは二人同時にそちらを見た。草むらの向う、川べりの低い所を、若い女の影がちらと走った。私たちは身を乗り出した。と、先着の運転手は怺えきれずに吹き出した。私たち三人は微風の中で大いに笑った。やがて私の乗って来た車と、見知らぬ若い女を乗せた車は堤防から去った。

イギリス海岸では二人の若者が釣をしていた。私は泥岩の上に立ち、煙草の火をつけ、おもむろに宮沢賢治を偲ぼうとしたが、私の頭は疲れた目を通じて水を、空を、対岸の茂みを、日の光を、遠景を、はては自分自身を認識するだけで、偉大な詩人についての感慨は一たらしも涌いて来ないのだった。止むを得ず汀に近づき、賢治の歌った tertiary the younger を私は仔細に観察した。岩には数ヵ所、相合傘と男女の名前が彫りこまれ、人気のない時刻にここを訪れた私の幸運を告げていたが、汀から川へむかって数歩進んだ所の水中の岩にかなり大きな文字で女の名前が刻まれてあるのを発見した私は、若干の感動に襲われた。水面とほぼ平行に、真上を向いた平らな岩の上のその文字は、透明な水が僅かに寄せては返すたびに、仰向けに寝そべった若い女の裸体のように洗われて日の光を弾き返すのだった。私は自分がズボンの裾を捲って川に入り、愛する女の名を古い肥後守で懸命に刻むところを、更には蹠が滑って向う脛をしたたか岩にぶつけるところを想像し、笑いがこみあげてくるのを感じた。こみあげた笑いが喉の外へ飛び出すより早く、「海岸」の外れの立木で一羽の鳥がけたたましく啼き始め、私はそちらへ歩き出した。立木の手前に泥岩に囲まれた小さな「湾」があり、その水中を不思議な虫が泳いでいた。体長は十ミリ強で、一見、濃緑色の糸屑のようだが、蹲ってまじまじと見れば、直径一ミリもない胴体の両側に棕櫚の葉のような微細な鰭が付き、なんだか鰻の子供のようにも見えた。あるいは本当に鰻の稚魚だったのかもしれない。それは全身をくねらせて精虫のように泳いでいたが、湾に浮んでいた小さな草の葉を見つけると、しなだれかかるという言葉がぴったりする身のこなしで、その葉に纏いつき動かなくなった。私は小枝で草の葉を掬い上げた。空中に出された虫はますます色っぽく葉にへばりつき、殆ど葉の表面と見分けがつかぬまでに密着した。私はすぐ虫と草の葉を水中に返してやった。虫はそそくさと葉から離れ、思いなしか先程の無邪気さを失って、再び懸命の全身遊泳を開始した。私がこの虫を観察していた間も、鳥は傍若無人に啼き続けていたのである。無数の小型の木の葉に隠されて姿は見えなかったが、この鳥の同類たちは堤防の並木でも、対岸の茂みでも、極めて無秩序に我儘勝手にわめき散らしていた。しかし啼声そのものには一定の法則があり、厳格なしきたりがあるように思われた。片仮名で書けばこうである。

ギャガスッ・ギャガスッ・ギャガスッ
テッテッテッテッテッテッ
ギャガスッ・ギャガスッ・ギャガスッ
テッテッテッテッテッテッ

どこやらの野暮な詩人のように、この啼声だけで二頁を埋めたりはしないから安心していただきたい。私が気付いたのは、「ギャガスッ」は最低二回から最高四回まで繰返されたが、「テッ」のほうはいつも正確に「ギャガスッ」の倍だけ繰返されたということである。鳥は「ギャガスッ」のあとには「テッ」を言わずにはいられず、しかも「ギャガスッ」の倍だけ言わずには義理が立たないとでもいうようであった。この二つの単語の間には現象的には一対二の比率で表わされ、本質的にはもっと複雑な要因の絡まり合いであるところの神秘的で精密な相関関係が成り立っているに相違ない。ドゥリットル先生よ、あなたは魚や鳥と親しく話し合い、その後あなたと同じ姓の軍人は東京を空襲し、今、私は又も鳥の言葉を聴き取ろうとする。なんという移り行きだろう。釣をしていた若者の一人が勢いよく竿を振り上げた。釣針が水面を飛んだ。失敗。この移り行きを措いて世に不思議は一つもない。四半世紀前にこの水を眺めていた私は衰弱し滅びたが、今ここへ亡霊のように立ち戻った私は紛れもない四半世紀前の私なのだ。望遠鏡を好み、音楽の鉄骨を好む。私は変らなかった。時は私を見逃してくれた。若者が再び釣竿を振り上げた。再び失敗。光にも、空にも、水にも、私は私らしく正確に反応した。イギリス海岸で、私は幸福だった。

（『最前線』から）

動員生活

カッチョの野郎がまた踵の金をカチーンと打ち合せてフドーの姿勢をとり一日が始まった。打ち合せるたびに火花が飛ぶので野郎がいつも立つ場所のまわりの草はもうだいぶ焦げている。カッチョの甲高い声が飛びこんでくると耳の穴がかゆくなり俺たちガクヘーはショッコ連中が羨ましい。毎朝こうして二列に並びカッチョに鼓膜を痛めつけられる俺たちとは違ってショッコは月に一度だけ大将繃帯日に整列してウミユカバを歌う。そうしてシャッチョのクンジを聞くが実は聞えるのはクンジではなくて爺さんの喉にからまる痰の音や咳払いばかりだ。しかしショッコよりも楽なのはデメントの奴らで朝でも夕方でも奴らが並んだりテンコをとられたりするのは見たことがない。ああガクヘーはいやだデメントになりたい。

けれども昼前の日の光がだんだん強くなり意地悪くなると俺たちは結句デメントと同じだということがいやで

も分る。ショッコは結句屋根の下で機械相手の毎日だが俺たちガクヘーはお天道さまに頭ぶんなぐられて土方仕事だからその点では手拭かぶったデメントの同類なのだ結句。俺たちのハンチョもそこはよく心得ていて原価の情勢だのシコの産み立てだのとむつかしいことは一切言わない。たぶんハンチョは俺たちの味方なのだろうがどっこい油断は禁物でソッセン炊飯とかフゲン十孝とかそんなことだけではまだ安心できないと思う。なぜかというといつかの夜遅く事務所でハンチョがカッチョの野郎と酒を飲んでいるのを見られたからだ。ツーツーレロレロと飲んでいたそうな。

ガクヘーには酒や煙草のトクヘーはなくて玉にウドンを喰わされるだけだ。しかしトクヘーがあったとしても俺たちはまだ飲めないし飲めたところでもしも夜ふかしをすれば次の日この油照りのなかで穴を掘るのは相当辛かろう。なにしろ掘り終るとその穴を半分だけ埋め埋め終るとその穴をもう一度掘るというワッパカなのだから。あるいはスレートを甲地点から乙地点へ運び運び終るとそのスレートの山の半分を甲地点へ運び運び終るとそのまた半分を再び乙地点へ運ぶというワッパカもある。これを馬鹿げていると思う人はここの仕事の仕組みを知らないのだ。どんな仕事でも一から始めて十に辿り着きそれで終りというものではなく今まさに十に辿り着かんとする刹那ああ天から降ったか地から涌いたか赤面のカッチョが現れて我鳴る「誰がこのスレートをここへ運べと言ったかアアア」俺たちは即刻セーノの掛け声で怒鳴り返す「ハンチョでエエす」カッチョの赤面はどす黒くなり「なにイイイ」俺たちの合唱はますます調子付いて「ハンチョでエエエす」野郎は土埃を蹴立てて事務所へ急ぎ宙ぶらりんの小臼歯を儲けた俺たちはスレートの間に食み出ているムシロの端っこから藁を一本ずつ引き抜くとまだ青味の残っている芯を剝き出し目をつぶってその芯を鼻に近づければアーラふしぎ一本の藁は一本のバナナに変る。まもなくカッチョは汗を拭き拭き戻って来るが新たなワッパカ命令を聞くまでもなく以下の手順は知れたこと。即ちカッチョのカオを立て同時にハンチョのカオを立てねばならぬ場合二つのカオの比を二対一としてスレートの山をどのように配分すればよいか。やさしい応用問題だ。

正午のベルが鳴るとショッコは弁当を摑んで日向に跳び出しガクヘーとデメントは同じく弁当を摑んで日蔭に入る。これは「り」の当然だろう。弁当の中身はコメやムギなどの和食もあるが多くはイモやフカシパンなどの大洋食で少量のウメやデコンやナマリやニツケが添えてありデメントもガクヘーもうつむいて無言でモクモクモクと食べる。その食べ方の速いことといったら自分でもうっかりしていると弁当箱の中は次の瞬間からっぽになり果して本当に食べたのかどうかよく分らないほどだ。食べ終るとみんな行儀よく「ああハラがへりました」と唱えて顔を上げる。百メートル向うに基礎工事で掘り出した土が小山に盛り上っていてその先には泥水の溜った池がある。小山と俺たちの間はカッチョが毎日焦がす雑草のチョボチョボと生えている空地でブルー魔をはいたオナゴのガクヘーが三列に並びエイエイヤアとナギナタの稽古を始める。こりゃ「め」の保養だとデメント連中は口々に言いヨーヨーとはやしたてる。そのときオナゴのショッコが数名キャーと姫をあげて小山を駈け下りて来るとナギナタのオナゴたちもそれにつられてキャーと列を乱した。小山のてっぺんに現れたのは池の泥水で体中をギラギラ光らした「す」裸のデメント一匹。にんまり笑いながらわざとゆっくり小山の斜面を下りて来る。真赤に火照ったオナゴらがキャーと叫ぶのは驚いているのか喜んでいるのか。きっとオドロコんでいるのだろう。塀の破れ穴のそばでは別のキャーという声が起った。体の大きなガクヘーたちが四人がかりで小さな色白のガクヘーを抑えつけズボンとパンツをぬがせようとする。小さなガクヘーは必死にもがくけれども「た」税に「ぶ」税たちまちぬがされ林立てられ大きな四人はすぐ飽きて次のエモノを追いかける。そうやって無理槍ぬがされたときへノコは立っているのと寝ているのとどちらが本来なのだろうとデメント連中はギ論を始めるがケツ論が出ないうちに昼休みは終った。

空にまだらの雲が浮びフト気がつくと空いっぱいにワッパカという字だ。池の泥水にもコンクリの塀にも鶴嘴やモッコにも旗又デメントの背中やガクヘーの爪にもいろんな大きさの字でそのコトバがびっしり書きこんである。これがワッパカ仕事の困ったところで一足袋熱中すれば目がくらんでしまって他のコトバは全然見えなくなるのだ。なぜ急に熱中するかといえばこれはガクヘーやデメントの朝ましいところで朝は引け時とあまりかけ離れているからせいぜい弁当と昼休みまでしかアタマが働かない。そうして弁当を食べ終ると突女としてワッパカがわやわやと立ちはだかる。それというのもワッパカがすみさえすれば午後の何時にでも午前中にでも帰れるのだしリロン的には今日来てきのう帰ることだってできるのだから。さあこうして針羅盤小にワッパカ・ワッパカと殴り書きされてみんなキチガイみたいになればもうカッチョ野郎は眼中にないしハンチョなぞワッパカのおまけ程度の損材にすぎない。前に述べたように俺たちの仕事にはカオ立てという余分の手数があるけれどもそれは悪魔でも午前中のことで昼すぎにワッパカを偏向したりしてみろボードーが起きるから。ハンチョもその辺のことはよく知っている。

動いているのはよく見れば俺たちの腕や体だが動かしているのは俺たちじゃない。汗が流れ筋肉が伸び縮みし脈が早くなり喉が乾くのは頭の端っこの方で感じているけれども頭は大胸すっからかんで出て来るのは息と唸り声だけだ。たまりかねたか牛のように顔の四角なガクヘーが緬羊のように「ウェー」と吠え近くにいたガクヘーたちも「エー」と調子を合せる。これはソカーのガクヘーを脅しているのでこの「ウェー」が始まるとソカーはもう立つ背がなくなる。吠え声に驚いて仕事の手を休めれば「なぜ休む働け」と言われるし仕事を続ければ「知らん顔するな」困って笑えば「なぜ笑う」泣けば「なぜ泣く」これじゃソカーは空中に消えるしか手がないだろう。「なぜ消えた」と言ったって消えたあとではあとの祭。角顔のガクヘーはぽかんとしてソカーの消え失せたあたりを見つめ一部始終をそばで見ていたチョソン人のデメントがげたげた笑い出す「お前ら馬鹿だななぜソカーをいじめるんだよ」ガクヘーたちは少し遠慮した声で「ウェー」と答え別のチョソン人が言う「弱い者いじめは子供のショーコだ。デメントやショッコにもソカーはいるよ。ガクヘー同士もっと仲良くしたらどうかね。面白いこと教えてやろうか。カッチョな。ありゃソカーだ」思いもよらぬことを聞いてガクヘーたちはぼんやりしてしまい五人のチョソン人は地べたに腰を下ろすと煙草をふかしながら目を細めて笑う「やめろやめろそんな仕事やめちまえ。いくら一所懸命働いたってもうじきメリカーのヒコーキが飛んでくる俺たちがチョソンの白いきもの振って合図すりゃそこへ爆弾落すことに話がついてるんだトクシュ爆弾一発でこんな工場は粉ミジン。シャッチョもカッチョもあるものかやめろやめろやめちまえ」チョソン人に笑われながらガクヘーたちは黙って仕事を続けやがてカッチョ野郎がワッパカの仕上りを調べに土埃を蹴立ててやって来る。西日を浴びて面はペンキを塗ったように真赤だ。

俺にしてみればさしあたりメリカーの爆弾よりも痛いのはゲートルと地下足袋の間のクルブシにできた計十八個のオデキでこれはブユに刺された跡がぜんぶ可能したのだ。ワッパカのけりがつくとみんなから離れて便所の裏へドクダミの葉を摘みに行く。そこはいつもジュクジュクした秀気フンプンたる場所だがそこにしか生えないのはドクダミの責任ではないだろう。冷たい葉っぱをオデキにあてて綳帯を巻き直し溜息をつく。全くきのうと同じだ。オデキは良くも悪くもならずあしたもたぶん同じにきまっている。これではキノーとかキョーとかいうコトバは要らないと思う。キョノーでもいいしキョシタでも構わない。

「工場」も俺が門から一歩出るとすぐ消えて「アス朝マタ行ク所」が残る。俺ももう「ガクヘー」ではなくなんだかわけの分らない曖昧な生きものでただ食いものと娯楽が欲しいだけだ。俺が歩いて行く町も町と言えるかどうか。魚屋はあるが魚はないし本屋はあるが本はない。菓子屋も呉服屋も上のほうは殺ぎ落されてヤヤヤとヤばかり並んでいる。道ばたの穴は暴クーゴで小さなコンクリの桶は暴火ヨースイその中で踊っているのは暴フラだ。墨を塗った鴨フラージュの白壁のとなりは幕府ヨケの紙を貼ったウインドで中には十五年分の埃に頸まで埋まったマンドリンが一梃その八本の絃はあらかた切れている。ワッパカのゼニで古びた二つ折りの楽譜を一枚買い開いて見れば題のほかは一面暗号のような数字の行列だ。「メリーウィドウ」とは何のことだろう。小声で数字を歌いながら俺はぶらぶら帰る。5123・5123・4322・5234・5234・543……

（『社長の不在』一九七五年草思社刊）

評論・エッセイ

マヤコフスキーの愛

革命によって衰弱し破滅する一つのパターンがあり、革命によって救済され興隆するもう一つのパターンがあるとすれば、同じ革命を通して生きつづけ、むしろ積極的に革命をおのれのなかに取り込み同化しようとする第三のタイプが考えられる。詩人マヤコフスキーはこのタイプに属していた。十月社会主義革命以後この詩人がソビエト政府の御用詩人に成り下ったというのが俗説ならば、革命の洗礼によって初めて〝革命詩人〟マヤコフスキーが生れ、社会主義芸術の正道を歩み始めたというのも、これまた俗説である。ボリシェヴィキの革命を指して、この詩人は「わたしの革命」と言った。恋人や故郷にたいするのと同じニュアンスの呼びかけのことばである。この詩人にとって革命は狂暴な自然力でもなければ便利な特効薬でもなく、ひとつの愛の対象だったのである。

一九一七年、マヤコフスキーは革命の中心地である首都ペトログラードにいた。広範な民衆の蜂起とボリシェヴィキの政権奪取という世界史的大事件のただなかにあって、この詩人は何を考え何を感じていたのだろうか。一七年三月のいわゆる二月革命から十月革命前後にかけての時期は、この詩人にかんする資料がいちじるしく乏しいいくつかの時期の一つにあたる。マヤコフスキーは長短数篇の詩を書き、数箇所の会合に出席し、何度か詩の朗読を行った。あとは同時代人の記録した二、三のエピソードが残され、詩人自身が後年書いた自伝の簡潔な一節がある。現在のわれわれにはこの程度の資料しか与えられていない。だが不完全な演説の速記録や、断片的な詩人のことばを通してさえ、当時のマヤコフスキーの精神内容をかなり奥までのぞきこむことは可能である。たとえば一七年三月十二日に開かれた「芸術家会議」(これは臨時政府の肝煎りで結成された「芸術文化財保存委員会」によって召集され、文学・美術・音楽など各界の芸術家たちが参加した集会である）におけるマヤコフスキーの発言の記録は、速記の脱落箇所や不明部分の多い不完全なものではあるが、それでもこの詩人の文脈と息づかいを明瞭に伝えている。

「市民諸君、わたしはロシアの芸術の左翼的潮流を代表してここへ参りました。生活の仕組のなかで、すなわち政治のなかで左翼たることは、だれにでもできることでありあります。詩人や画家も市民である限りは（速記欠落）一人一人が参加しました。……革命の旗を掲げた芸術家の代表として、わたしはここへ来ました――芸術は現在、危機に陥っています。いつも騒乱の時代には芸術活動は停止する。専制政治にむかって振り上げられた手は、宮殿の上に振りおろされた。宮殿を破壊の手から守ることが、ゴリキーを中心として委員会を作った人々の課題でありました。この課題を処理することは簡単です――一隊の兵士を配置すればそれでよい。第二の課題はもっと複雑であり、もっと本質的であります。社会的高揚の波が起るや否や、芸術家や芸術の占める場はなくなるということ、そしてすべての芸術家はロシア国家のための政治的事業に加担しなければならないということが言われます。……われわれの仕事――芸術――は、すべての芸術家が自由な決断を下す権利を将来の国家において確保しなければならない。……宮殿は保存されるでありましょう、そこではソモフの作品が（速記欠落）。民主化への渇望の表現であるところのロシア独自の芸術というものがあります。広汎な民主主義によってのみ達成される芸術にたずさわることは、ベノアにはできない（速記欠落）。……政府やそれに類するものにわたしは反対です――わたしに必要なのは芸術が一定の場に集中されることです。わたしのモットー、そして芸術家一般のモットーは――ロシアの政治生活ばんざい、そして政治から自由な芸術ばんざい」

マヤコフスキーの意図は、ほとんど曲解の余地なく明白である。すなわち、「民主化への渇望の表現」、「広汎な民主主義によってのみ達成される芸術」というものは、一九一七年当時あくまでも少数派であり、それのみならず芸術一般がこの政情不安定な時代のなかで危機に瀕しているということ。そして宮殿に作品を飾っているような既成の保守的な芸術家は文化財を保護することはできても新しい「ロシア独自の芸術」を創造することはできないし、またそれを任せられるほどの器量ももたぬということ。したがって新しい左翼的な芸術が産み出されるためには、将来の民主主義的な国家のなかで若い芸術家たちの「決断」の自由が保証され、芸術のための場が確保されねばならぬということ。「政治から自由な芸術ばんざい」というモットーは「政治のなかで左翼たることはだれにでもできる」という考えと響きかわしていると見るべきだろう。「民主化への渇望の表現」、すなわち下から突きあげてくる全人間的な要求であり、無制限な解放と根本的な変革への衝動であるところのものは、単なる「生活の仕組」のなかでは処理しきれないからである。

この演説にあらわれたマヤコフスキーの考え方にはいくつかの問題が含まれているが、そのなかで最も重要なのは芸術の危機という問題であろう。戦争と動乱の時代にあって、芸術は果して危機に陥っているのかどうか。そもそも芸術の危機とは何なのか。蜂起した民衆が宮殿に殺到し重要文化財を破壊することが、すなわち芸術の危機なのか。それとも芸術家たちが何らかの社会的強制力によって「ロシア国家のための政治的事業に加担」することを迫られるのが、芸術にとっての脅威であるのか。あるいは不穏な時代そのものが芸術の敵であるのであろうか。……ゴリキー、アレクサンドル・ブローク、または白系の亡命芸術家たちの考え方は、右のいずれかに集約された。だが、マヤコフスキーの考え方は少し違っていた。

一九二二年に書かれたマヤコフスキーの自伝『私自身』は、独特な文体によるユーモラスで簡潔なデッサンであるが、ときどき真率きわまる告白や断言が飛び出してわたしたちを驚かせる。たとえば一九一七年十月についての有名な記述はこうである。

認めるか、認めないか。そんな問題はわたしには(ほかのモスクワの未来派詩人にも)存在しなかった。わたしの革命である……

つづいて「一九一八年」のくだりにはこう書かれている。

ロシア社会主義共和国は、芸術どころではなかった。だが、わたしにはまさにその芸術が問題なのだ……

この二つの記述を合せたものは、一七年三月の演説の結び「ロシアの政治生活ばんざい、そして政治から自由な芸術ばんざい」に正確に対応している。政治と芸術とは、詩人マヤコフスキーの情熱を受けとめる一つの厖大な実体の両面として現れたのだった。十五歳の年にボリシェヴィキ党に入り、十七歳までに三度も逮捕され獄中生活を経験したマヤコフスキーが政治的信条としてボリシェヴィキの線を固執したのは、ごく自然なことである。だが三度目の拘留生活から解放されたとき、幼いマヤコフスキーはジレンマに陥っていた。

党に残るとすると、地下にもぐらねばならない。地下にもぐれば勉強はできなくなるとわたしは思った。一生涯ビラの文章ばかり書き、間違っていないにしろわたしが考え出したのではない他人の本の思想を並べてみせることが仕事になる……わたしの上にのしかかってきた古い美学に、わたしは何を対抗させられるだろう。革命もわたしにまじめな勉学を要求しているのではなかろうか。わたしは当時の同志、メドヴェジェフの所へ相談に行った。ぼくは社会主義の芸術をつくりたいんだ。セリョージャは、腸《はらわた》が細い(「できるものか」の意)と言ってげらげら笑った。今にして思えば、あいつめ、わたしの腸を過小評価していた……

(『私自身』)

古い芸術、既成の芸術は衰弱し、気息奄々として、とても若いマヤコフスキーを引きつけるに足るだけの魅力はない。だが、新しい芸術はまだその片鱗すら見えず、新しい芸術を創り出そうという意気ごみは政治上の同志にさえ理解されず、冷やかされる始末である。この小さなエピソードに萌芽のように現れた痛みは、やがて拡大され、この詩人を生涯苦しめずにはおかないだろう。すなわち、マヤコフスキーの目には、芸術の危機は既成芸術の無力と新芸術の孤立とを背中合せに貼りつけたものとして見えたのであった。この危機感を解消しようと、既成芸術への攻撃を強めれば新芸術の孤立はますます深まるかもしれない。逆に革新的な芸術を強く擁立した場合、保守的な芸術の根強い慣習が裏側から滲み出るように現れるかもしれない。これは確かに文化財の保護などという問題よりは、よほど複雑かつ本質的な難題であった。

このようなマヤコフスキーの感じ方は、革命前のロシア未来派の思想のいわば展開であった。一九一〇年前後に始まったロシア未来派の芸術運動は、アカデミー派や既成芸術家たちから総攻撃を受けながらも、いくつかのマニフェストやアンソロジー、何度かの講演朗読会や街頭宣伝によって、少なくとも芸術的環境のなかではすでに一つの潮流をかたちづくっていたのである。フレーブニコフ、ブルリュック、マヤコフスキーらの署名した一九一二年のマニフェスト『社会の趣味を殴る』は、その「プーシキン、ドストエフスキー、トルストィその他を現代という名の汽船から投げ捨てろ」の名文句によって有名だが、ほぼ同じメンバーによるアンソロジー『裁判官飼育場』(一九一三)のマニフェストには次のような一節があった。

「われわれは新しい主題に捉えられている。すなわち不必要と無意味。力強い瑣末事の秘密はわれわれによって讃えられる。われわれは栄光を蔑視する。いまだかつて存在せぬ感情をわれわれは知っている……」

不必要、無意味、瑣末事などということはもちろん一定の社会的規範のなかでしか成り立ちえない概念である。絶対的な不必要というものは現実にはどこにも存在しない。絶対的な無意味を追求する者は、いずれは相対的な無意味のなかで初めの衝動の内容を具体化していくほかに道はないだろう。たとえば詩人フレーブニコフは一種のスラブ主義的モダニストで、少数の語根に接頭辞や接尾辞を組み合せて厖大な数の新造語をつくり、あるいは「タケヤブヤケタ」式のどちらから読んでも同じ詩行を書きつらねて一篇の詩をつくるという名人芸をみせたが、そのような〝不必要〟はトルストイやドストエフスキーなど十九世紀の古典作家たちの作品を対極に置いた場合にのみ存在理由を明らかにするのだった。既成の支配的なものと睨みあった、あるいはからみあった姿勢でしか自己を存分に表現できないという意味において、ロシア未来派の精神的傾向はたいそう民衆的である。

「舌なしの街は身をよじる、叫ぶべき語るべき言葉をもたぬ街」とマヤコフスキーに苛立たしげに歌われた革命前のロシアの民衆は、ひとたび支配階級との闘争の場へ否応なしに投げこまれれば、「一九一七年三月以降、革命の過程におけるすべての変革を強要した」（ジョン・リード）のだった。マヤコフスキーもまた旧時代の芸術と取っ組みあったかたちで、さまざまな精神的変革を強要しようとする。

白衛兵を見つければ
銃殺だろう。
それならラファエロは忘れたのか。
忘れたのか、ラストレルリを？
時間を
弾丸にして
美術館の壁をパチパチ鳴らせ。
喉の百インチ砲で骨董品を狙撃しろ！

この詩句を含む作品「喜ぶのはまだ早い」は一九一八年に発表され、当時の教育人民委員ルナチャルスキーに「過去の芸術にたいする破壊的傾向」を指摘されたというが、このような批判は芸術批評としてはむろんのこと、マヤコフスキーによって代表されるような精神内容への接近という点でも、ひどく読みが浅いと言わなければならない。なぜなら、もしも過去の芸術をだれひとりとして顧みる者がないような架空の事態を想定してみた場合、そこでは当のマヤコフスキーらの芸術もその存在理由を失ってしまうにちがいないのである。過去との絶えざる緊張関係のなかにのみ、この詩人の「喉の百ィンチ砲」が据えられる場はあった。古いものとさしむかいになって、その耐えがたい匂いに包まれ、強い圧迫感に捉えられた瞬間こそが、マヤコフスキーの芸術の出発点だったといえるだろう。そのような出口を求める鬱積した感情は、たとえば一七年七月のほとんど自然発生的といわれる蜂起に参加した民衆の心情と重なり合っていたかもしれないが、それにしても民衆のなかにマヤコフスキーらの芸術を支える現実的な基盤は一七年当時なきにひとしかった。「ロシア社会主義共和国は芸術どころではなかった」からである……

革命前にマヤコフスキーは一つの戯曲と四つの長篇詩を書いた。一六年から一七年にかけて書かれた四番目の長篇詩『人間』は、革命前のこの詩人の芸術の総決算である。「マヤコフスキー誕生」「マヤコフスキーの生涯」「マヤコフスキーの情熱」「マヤコフスキー昇天」「天上のマヤコフスキー」「マヤコフスキー帰還」「永遠のマヤコフスキー」などという各章の副題から知れる通り、これは詩人が詩人自身を弔う手回しのいい鎮魂曲なのであった。社会と恋の軛に苦しめられたマヤコフスキーは自殺し、数千年後、復讐のために地上へ舞い戻るが、復讐は果せず、永遠に放浪しなければならない。この作品で初期のマヤコフスキーの暗い情熱的なペシミズムは最高の音量に達している。

すべてほろびるだろう。
すっからかんになるだろう。
そして人生を
動かす奴は
最後の太陽の
最後の光を一筋、

この惑星のくらやみの上に燃やすだろう。
そしてただ
ぼくの痛みだけ
さらに烈しく――
ぼくは立つ、
炎に巻かれ、
途方もない恋愛の
燃えないかがり火の上に。

だがこれはシンボリスト詩人たちの不分明な、ひたすら予感におののくような種類のペシミズムではなかった。マヤコフスキーには、悲観的になり、荒々しくなり、自暴自棄になるだけの具体的な理由があったのである。この詩の主人公マヤコフスキーの不倶戴天の敵は〝万物の支配者〟と呼ばれる男で、この男は全地球を支配し、フェイディアスも奴隷もガリレオも実はこの男への奉仕のためにのみ生きたのだった。

革命は時折ゆるがす、王国の胴体を、
人間の群を追う牧夫を変える、
だが貴様、
王冠をかぶらぬ奴、人間の心の所有者、
貴様にはどんな叛乱も触れられない！

マヤコフスキーは人ごみを縫って、恋人を追いかける。おどろいたことに、詩人の恋人もまた群集といっしょに〝万物の支配者〟を拝みに行ったのだった。支配者は毛深い薬指を差し出す。

見える、彼女は寄って行く。
あの手に身をかがめた。
くちびるを毛に近づけて、
くちびるが宝石の上でささやく。
一つは「フリュート」と呼ばれ、
もう一つは「雲」と呼ばれ、
第三の宝石は、たった今

ぼくが創った
何やらの名前の
不可思議な光を放ち。

「フリュート」はマヤコフスキーの第二の長詩「背骨のフリュート」であり、「雲」は最初の長詩「ズボンをはいた雲」である。つまり、マヤコフスキーは金権の化身のような男に恋人を奪われただけではない、自分の作品までがその男の単なるアクセサリーと化しているのを目撃しなければならないのである。しかもその事実を告発するための作品もまた、生れるや否やアクセサリーの仲間入りをしなければならない（『第三の宝石は、たった今ぼくが創った何やらの名前の……』）。これは恐ろしいことであった。

孤立や孤独は、ほんとうは詩人にとって決定的な意味をもつものではない。民衆のなかに自分の芸術を支えてくれる基盤があろうとなかろうと、芸術家は仕事をつづけ、周囲の人間はその仕事を受け入れたり受け入れなかったりするだろう。現実的な土台は必ずしも必要ではない。なぜなら芸術は往々にして土台よりも先に本体が生れてしまうという、奇妙に倒立した、精神的な発生過程を経るからである。だが、自分の創り出す作品があとからあとから宝石のように無意味な輝きのなかへ吸いこまれてしまうという実感は、芸術家にとって耐えがたいものである。それは孤独よりも遙かに悪質な痛みであると言わなければならない。孤独は人の目を内側に向けさせ、どちらかといえば肉感的な思考を誘い出しがちであるけれども、この悪質な痛み、すなわち金権制度下の芸術家の苦しみは、むしろ外側の広々とした抽象的な空間、あまりにも広々とした死の空間へ芸術家を連れ去ってしまうのである。

広い空間よ、
宿なし男を
ふたたび
そのふところに抱いてくれ！

今ごろ天はどんな様子だ。
星はどんな？
千の教会に似て
ぼくの下から
歌いだし
歌いつづける世界。
「聖者とともに安らけく！」

長詩「人間」はこんなふうに現実の鎮魂曲《レクイエム》の歌詞を借りて結ばれる。この茫々たる風景は、苦悩を経て一種抽象的になり俯瞰的になったマヤコフスキーの目に映じる世界の終末であった。この世界のなかで詩人は決定的に無力であり、新しい芸術は決定的に疎外されている。だが、それは裏返してみれば古い保守的な芸術の無力と不能であり、それにたいする詩人の攻撃的姿勢なのである。危機の両面は互いに浸透しあい、写真の二重写しのようになる。極端な悲観と楽観とが補いあい混淆して一枚の騙し絵になる。この矛盾と狂気は、しかし突発的で恐ろしいものではなく、慢性的で馴染みぶかい、ある意味ではなつかしい矛盾であり狂気であった。一九〇五年の挫折した革命の影のなか、数知れぬ抑圧の果てに置かれた人間たちの代表者として、これは一人の詩人が全身で摑みとった情念であり、ほとんど存在の意味そのものなのである。抑圧と圧迫から生れる緊張関係のなかに浸りきって、今にも爆発しそうな緊張それ自体と化してしまうこと。いくらかサド・マゾヒズム的で肉体的なこの感じ方の傾向は、マヤコフスキーの全作品に顕著に現れている。長詩「人間」のなかでも、自殺を決意した主人公は毒薬を差し出す薬屋のおやじにむかって「ぼくは不死身だ」と言うのだった。この詩人はまさしく死刑囚にして死刑執行人、毒薬にして解毒剤という存在であって、その激烈な同化作用――愛は、政治的変革とそれに伴う動乱のなかで強まりこそすれ衰弱する気配は少しもみせなかったのである。

　同化し同化される精神作用としての愛は、マヤコフスキーの芸術において独特のアニミズムまたは擬人化となって現れた。この詩人が見上げた空では、「黒雲のかげから荒々しく雷が出て来て、気短かに大きな鼻の穴から鼻《はな》汗をかんだ。すると瞬間、天の顔は、鉄血ビスマルクの厳しい渋面《しかめつら》にゆがんだ」。そして詩人は少年時代を回想して言う。「ぼくの話相手は建物《ビル》ばかり。給水塔ばかりが話相手。明り窓でじっと聴き入り、ぼくの投げることばを屋根がとらえた。それから真夜中について、互いの身の上について、ぼくらカタコト話した、風見の舌をころがして」。あるいは有名な冬宮攻撃の情景《シーン》は、マヤコフスキーのレンズを通すとこんなふうに再現される。「二つの影が立ちあがった。巨大な影、ふらつく影。近寄った。むかい合った。宮殿の庭が鉄格子の腕で、群集の胴体《トルソ》を締めつけた。風と弾丸のスピードに、揺れる二つの巨大な影」。さらに擬人化はもっと抽象的な領域にまで浸透して行く。「ことばは走る、腹帯をひきしめ、何世紀も鳴りつづける。そして列車は這い寄ってくる、ポエジーのまめだらけの手を舐めに」。最も具体的なものから最も抽象的なものに到るまで、すべてが同化の対象なのである。何を見ようと、何を思索しようと、マヤコフスキーはすべてのものに自己との関係を確かめ、すべてのものに生きもののしぐさや資質を賦与せずにはいられない。これは言葉を肉感的に捉えようとする詩人の一般的な傾向であると言えるけれども、それにしてもマヤコフスキーの場合この傾向は異常に強烈だった。同化し同化される作用は、単なる作用として、つまり潜在的な法則としてそこにあるのではなく、絶えまなく顕在せずにはいられないダイナミズムとして沸き立っていたのである。時には苛立たしげで、時には跳躍的で、つねに身構え、足踏みし、はやりたち、四六時中めざめている精神。ほとんど宗教的なほど性急で、ともすれば時間空間を跳びこえ、直接対象に殺到する傾向。この詩人にとって革命は救済の手段でもなければ破滅的な力でもなく、〃わたしの〃と呼びかけるほどの対等な実体であったけれども、蜂起から権力の奪取、国内戦、経済建設へと進行する革命の荒々しい過程は、右に述べたような詩人の性向を助長したと言えるかもしれない。愛はしばしば奉仕にまで移動するのだった。

いったい二年間に一千点以上のプラカード（絵と詩を組み合せたプラカードで、その両者ともマヤコフスキーの作である）を書くという超人間的な作業を可能にしたものは何なのだろう。あるいは四年間に三百二十回以上も講演朗読会（それはほとんどマヤコフスキーの長時間にわたる独演で、自作朗読と講演と質疑応答とを組み合せた独特な形式である）を開くという驚くべきスタミナを支えたものは何なのだろう。革命への奉仕、階級への献身、と言うは易いが、そのような奉仕や献身の奥から現れてくるものは、いつでもシガレットを口の隅にくわえたマヤコフスキーの悲劇的な顔なのである。奉仕というものを、いうなれば祭壇の側からではなく、奉仕の源である人間精神の側から見直すことが必要であろう。どの西欧語でも〝奉仕〟はすなわち〝勤行〟に通じるが、そのような宗教的ニュアンスを含むことばはこの詩人にはふさわしくない。

マヤコフスキーは詩人じゃないか、詩人なら詩人らしく詩の商いだけやっていればいい、という御意見もありますが……自分が詩人であることなど、わたしは糞くらえと言いたい。わたしは詩人ではなくて、何よりもまず自分のペンで奉仕する——よろしいですか、奉仕する人間です。今日の時代に、今日の現実に、現実の案内人たるソビエト政府と党に奉仕する人間です（拍手）。わたしは自分のことばを今日の思想の案内人にしたいのです……

これは一九二七年十月十五日に開かれた討論会「ソヴキノの方針」におけるマヤコフスキーの演説の一部だが、片手落ちの引用を好む政治至上主義者はしばしばこの演説の記録を（拍手）の前までしか引用しない。だが、詩人を便宜的で慣習的な狭い概念のなかに閉じこめておこうとする人々に烈しく反撥するマヤコフスキーの心のなかでは、かれ自身の言葉は高い情熱的な地位を与えられていた。ソビエト政府や共産党が今日の現実の案内人であるならば、詩人の言葉は今日の思想の案内人であらねばならない。それは最も包括的で鮮明な愛に生きる人間としての当然の結論であった。ここには「だれにでもできる」「政治のなかで左翼たること」を捨てて「社会主義の芸術をつくりたい」と誓ったマヤコフスキーの誇りを読みとることができる。〃社会主義の芸術〃とは、未来派ふうに言い直せば〃新しい芸術〃であり、マヤコフスキーの言葉を借りれば「民主化への渇望の表現」あるいは「広汎な民主主義によってのみ達成される芸術」であった。それは錯綜したイデオロギーの問題と、国営百貨店の長靴の販売成績と、最も形而下的な肉体感覚とを、一挙に把握するという途方もない芸術になる筈であった。

だが、このような芸術とそれを支える愛は、革命という厖大な実体のなかでは一種曲折した道程をたどらざるをえない。きわめて民衆的な詩人としてのマヤコフスキーの情念が写真の二重写しあるいは騙し絵のような構造をもつとすれば、民衆の事業としての革命にも同じような錯綜した事情がつきまとうにちがいないのである。たとえば「現実の案内人」たちはこの詩人をどんなふうに見ていただろうか。ソビエト政府の初代教育人民委員ルナチャルスキーは、十月革命直前からマヤコフスキーのよき理解者として知られ、この詩人の異色の叙事詩「これについて」(一九二三)の価値をだれよりも早く認めた人としても有名である。この詩人と国立出版所とのあいだにトラブルが起ったときもルナチャルスキーは調停者としてマヤコフスキーに好意的に動いたし、新しい詩を好まないレーニンに一生懸命マヤコフスキーのよさを説いたことや、一九三〇年四月のこの詩人の自殺に心底から衝撃を受けたらしいことは、今日残された記録からうかがい知ることができる。この人がマヤコフスキーの「過去の芸術にたいする破壊的傾向」を責めたのは、一九一八年十二月の「コンミュンの芸術」紙に発表されたエッセイ「一匙の解毒剤」においてだが、そのエッセイの終結部分(なんらかの配慮からこの部分だけは活字にならなかった)はこうだった。

……だが、このヴラジーミル・マヤコフスキーのことはひどく気にかかる。

かれは非常に才能のある男だ。しかし率直にいうと、かれの新しい形式、少々粗暴だが強固で興味深い形式の蔭には、実はたいそう古い思想と、たいそう古い趣味がひそんでいる。マヤコフスキーの抒情詩とは何だろう。若者の自惚れと並んで、失恋の痛みや、残酷な群集に認めてもらえない若い天才の苦しみを歌った抒情的な遠吠えがある。これが新しいのか。わたしはいまだかつて一度もマヤコフスキーの作品から(それを読むのがわたしは好きなのだが)一抹の新しい思想を読みとったことも、一すくいの新しい感情を汲みとったこともない。かれが愛らしいロマンチシズムの紋切型から革命的・集団主義的紋切型へ移行したとき、その格段の進歩をわたしは喜んだのだった。もしもマヤコフスキーの形式を切り離し、内容だけを秤にかけたとすれば——それは新しさという意味ではひどくちぢこまった、ほとんど存在を認められぬものになるだろう。

にもかかわらず、かれは才能のある男なのだ。時が経てば、より成熟した知性や心情をかれに期待することもできるだろう。形式上の技術という点では、かれはすでに高度の独自性を獲得している。

それにしても、あまりにも永びく少年時代が気にかかる。ヴラジーミル・マヤコフスキーは未成年者なのだ……

これは革命という事業のなかの保守的な、ほとんど俗物的な部分から発した声と見ることもできるだろう。ここでは才能とか独自性とか新しさとかいう言葉が、非常に低い次元で曖昧に用いられているから、論じられている詩そのもの、詩人そのひとは、言葉が重ねられれば重ねられるだけ、ますますやせ細って、観念論のうすくらがりのなかへ消えてしまうのである。時が経つにつれて成熟する知性や心情とは、危機感のなかで燃焼する精神にとって何だろう。芸術家の成熟とは持続され保持された問題がますますあからさまに、尖鋭に、本質的になっていくことであり、同じ問題が時間にけずられて次第にまるみを帯びていくことは、この際、芸術家とは何の関係もないのである。詩人の思想や趣味が古いということは、その詩人によって代表されるような精神傾向が古い慣習的思考をも包括しているという意味合いにおいては、正確な観察であり、それは非難や賞賛の埒外にある事実である。恋の痛みや天才の孤独というテーマが新しくないこともまたほんとうだが、だからといって、そのことが何らかの価値判断や批評上の規準をもたらすだろうか。形式を切り離し、内容だけ秤にかけるというようなことが、比喩としてもおよそ宙ぶらりんの比喩であり、現実の問題としてはナンセンス以外の何ものでもないことは、論じるまでもないだろう。「あまりにも永びく少年時代」は、詩人にとって原則的には名誉でこそあれ、決して恥ではない。なぜなら詩人という名の未成年者のための成人式は、一体いつだれがとりおこなうのだろう。この質問に正確に答えられる人がいるだろうか。

要するに教育人民委員ルナチャルスキーは詩人マヤコフスキーの若さそのものにある種の反撥を感じているのだが、同時にその若さの魅力に強く引かれていることを認めずにはいられないのである。だがルナチャルスキーはその魅力の実体をうまく言いあらわすことはどうしてもできない……

ルナチャルスキーとくらべれば、軍事革命委員会の議長であり外務人民委員であったトロッキーは、文学評論的な言いまわしに遙かに長けていた。

……革命のダイナミックな躍進と厳烈な勇気は、その壮烈さの大衆的性格や、その事件や経験の集産主義的意義よりも、はるかに身近にマヤコフスキーの心を打つ。ギリシャの神人同形同性論者《アントロポ・モルフィスト》が、自然界の諸力を素朴に自分自身と同化したように、わが詩人マヤコ・モルフィストは革命の広場や街路や原野に自我を満ちわたらせる……。彼のドラマチックな情念《パトス》は、しばしば異常な緊張に高まるが、その緊張の背後には、必ずしも常に真の力強さが存在するとは限らない。この詩人はあまりにも自分を目立たせすぎる——事件や事実に自律性をあたえるところが少なすぎる。障害と取り組んでいるのは革命ではなく、言葉の闘技場で力業を演じるマヤコフスキーであって、時としては真の奇蹟をやってのけるが、しばしば英雄的な努力でもってひどく空虚なものを持ちあげる……。絶えずマヤコフスキーは自分自身について第一人称と第三人称で語る……。人間を高めようとして、彼は人間をマヤコフスキーの高さへ引きずりあげるのだ。最も壮大な歴史的現象をも、彼はごく親しげな調子で歌う。……彼は片足でモンブランを、他の足でエルブルス山をふまえて、立っている。彼の声は雷鳴さえも吹きとばすほどすさまじくとどろく。地上の諸事象の釣り合いが消え失せて、小さなものと大きなものとの差異がなくなっている不可思議は、一体どういうことなのか？　彼はすべての感情のうちで誰でもよく知っている感情、愛について、まるでそれが諸民族の大移動ででもあるかのように語る……。疑いもなく、この誇張したスタイルは、ある程度までわれわれの時代の狂乱を反映している。だが、それだけでこのスタイルが全面的、芸術的に正当化される理由にはならない……

（田中西二郎・橋本福夫・山西英一訳）

ここでもルナチャルスキーの場合と同様、この詩人にたいする一種のアンビヴァレンツにトロツキーが捉えられていることは明白である。ただルナチャルスキーは自分の相矛盾する感情を率直に素朴にさらけ出していたが、この『文学と革命』中の一節におけるトロツキーは老獪であり、用心深い。片手で頭を撫でながら片手で横面を張るようなやり方は〝未成年者〟あるいは〝不良少年〟（これはレーニンがこの詩人を指して言ったことばである）を扱うには、確かにふさわしい態度であろう。詩人が革命の広場にアントロポ・モルフィストのように自我を満ちわたらせることも、事件や事実に自律性をあたえるよりはむしろ自分を目立たせることをえらぶことも、壮大な歴史的現象をごく親しげな調子で歌い、民族大移動を語るように愛を語ることも――これらの正確な観察はどれもこれもきわめてフレキシブルな文学的証拠であり、どんな線に沿ってでも処理できる材料なのである。そのことをトロツキーは明らかに意識していた。それらの材料を用いて、トロツキーはこの詩人をもっと積極的に支持し、ほめたたえる文章を書けば書けたかもしれない。だが、そのためには詩人や詩についての正確な概念が必要である。言葉の闘技場で頼まれもしないのに独りで力業を見せる詩人というものを、現実のソビエト社会のなかのどの辺に置き、どのような一般的評価を与えるか――この問題が解決されないあいだは、トロツキーはマヤコフスキーにたいして然りとも否とも言えないのである。だが何かが、恐らくはこの情熱的な政治家の内部の詩人的な部分が、負けず劣らず情熱的なこの詩人への全面的同意を強請してくる。モンブランとエルブルスを踏んまえたこの巨大な詩人が、一番控え目に言っても「ある程度までわれわれの時代の狂乱を反映している」ことを、トロツキーは認めないわけにはいかない。けれどもそこから先へ一歩踏み出すことは、詩人的な気質よりも強力な何かによって禁じられている。その結果、『文学と革命』のほかの部分、明晰で光り輝くような理想主義的な論調とくらべて、このマヤコフスキー論は小舅的なくすんだ調子に終始してしまうのである。

ロシア革命のもう一人の巨人レーニンは、ルナチャルスキーやトロツキーのようにこの詩人に近い立場には立っていなかった。「どなったり、妙にひねくれたことばを発明したりしているが、彼はどうもピンとこない。私にはほとんど分らないよ。何もかもちりぢりばらばらで、読みにくい。才能があるって？　非常に？　ふむ、ふむ、まあもう一度読んでみよう！」（ゴリキーの回想録より）。興味深いのは、マヤコフスキーの長篇叙事詩『一五〇〇〇〇〇〇〇』の出版が決定された直後、レーニンが国立出版所の事務局長に送った次のようなメモである。

同志ポクロフスキー！　未来派の連中との戦いに、又もや貴君の力をお借りしたい。

1)　マヤコフスキーの『一五〇〇〇〇〇〇〇』の出版を（悲しいかな！）ルナチャルスキーが委員会に承認させてしまった。

これを阻止してはいけないのか！　これを阻止しなければならない。こういう未来派連中のものの出版は、年にせいぜい二度、それも最高一五〇〇部ということにして下さい。

2)　キセーリスは噂によればレアリストの芸術家らしいが、ルナチャルスキーはこれをまたもや追っぱらい、直接または間接に未来派を支持している。

有望なアンチ未来派がどこかにいないものかね。

このメモが明瞭に示しているように、レーニンにとってマヤコフスキーの問題はすなわち未来派の問題であった。マヤコフスキーという一詩人は未来派というグループのなかへ解消され、何人かの未来主義者たちが形成している文学的一党派の動きや、その勢力の消長がレーニンの専らの関心の的なのである。これは決してレーニン個人に限られた傾向ではなく、党派的行動のなかで生きつつ政治に直接たずさわる者に共通した抜きがたい特徴であろう。トロツキーが決定的なマヤコフスキー支持に踏み切ることを妨げたものは、このような党派的な物の見方であると言えるかもしれない。二〇年代当時としては最も洞察的なマヤコフスキー論を書きながらも、トロツキーには、現実の革命を遂行しているのは、組織をつくり、法令を発し、必要な武力を行使している自分たちなのであって、たとえ精神文化の分野であれ、他の何者かが巨大な存在に高まるのは奇異なことであるという感じ方があった（「障害と取り組んでいるのは革命ではなく、言葉の闘技場で力技を演じるマヤコフスキーであって……」）。革命を手段としてではなく一つの対象として眺め、それを自分の情熱の精神的等価物として扱うような人間は、政治家たちには注目すべき存在であり、同時に警戒すべき存在であるにちがいない。ルナチャルスキーの「あまりにも永びく少年時代」とはそのような人間の精神状態を、政治という実務にかかりあった者の側から見たときのことばだろう。ルナチャルスキーやトロツキーが特定の芸術家にどのような個人的共感を抱いていようといまいと、それはこの際ほとんど問題にならないのである。根元的な慣習の一つとしての党派的な思考は、個人的共感や態度保留などの曖昧で流動的な、やわらかい部分を絶えず無視しながら進行するだろう。それは生活の襞のすみずみにまで入りこみ、すべての非党派的要素を党派的要素に変貌させ、やがてはその思考そのものが一見党派的とは見えないようなのっぺりしたもの、中間色の非刺激的なものになり果てるだろう。そのとき、それはひとり政治家だけの問題ではなく、党派的時代に生きるすべての人を根底からゆすぶる深刻な問題となるのである。

詩人マヤコフスキーは社会主義革命の時代に生きた人間であるけれども、それ以上に革命をおのれの内部に取りこみ同化し、いわば革命を生きた人間であった。したがって、ほかのもろもろの要素とともに党派的思考もまたこの詩人のなかに取りこまれ、さまざまなかたちで血肉化されることとなる。それは決して一九一七年十月から突如として始まる現象ではなくて、いくぶんショーヴィニスティックで発作的なロシア未来派のマニフェストやアンソロジーがすでにその始まりであった。社会主義革命後のマヤコフスキーは、一方では文化界のちっぽけな党派根性を絶えず嘲笑しながらも、自分自身は最後まで党派的行動をつらぬくのである。一九一八年三月に一号だけ出してつぶれた「未来派新聞」、一八年十二月から数カ月つづいた週刊新聞「コンミュンの芸術」、二三年から二五年までに七冊を出した綜合芸術誌「レフ（LEF芸術左翼戦線）」、二七年から二八年にかけて十数冊を出した小雑誌「新レフ」、二九年に結成された芸術グループ「レフ（REF 芸術革命戦線）」――これらはいずれもマヤコフスキーの創作生活のなかで決して重要でないとはいえぬ意義をもつ一連の動きであった。たとえば二三年の雑誌「レフ」の創刊のためにマヤコフスキーが自ら書いた宣伝ポスターの文句はこうである。

骨董品に腹が立ったら
「レフ」を探しなさい。
ウインドウを眺めたら
「レフ」を買いなさい。
晩めしのあと坐ったら
「レフ」を読みなさい。
オールドミスの批評から
「レフ」を守りなさい。
いい雑誌です！
　　　　だって
　　　　　　わるい雑誌を
出す筈が
　　ない、
　　　　国立出版所が。

「国立出版所がわるい雑誌を出す筈がない」という一見軽薄なほどユーモラスなコピーには、遂に「レフ」の刊行を国立出版所に引き受けさせることに成功したマヤコフスキーの感激がこめられている。〝社会主義の芸術をつくる〟ことと、〝すべての芸術家が自由な決断を下す権利を確保する〟こと、すなわち芸術家のための場を獲得することは、この詩人のなかで固く結びあっていて、決して切り離せないのだった。芸術家のための場を現実社会のなかで確保するためには、党派が必要である。それは外からの要請ないしは強制であると同時に、マヤコフスキーの内側からの必要あるいは飢えであった。「個人！それが誰に必要だ！　個人の声はヒヨコより弱い。誰にきこえる？　女房にか！……人間は一人じゃ駄目だ。一人こそ災いなるかな。一人じゃ喧嘩にもならん。頑丈な奴にしてやられる……だが、ひとたび個人が党にかたまれば、敵もたちまち敗走、降参！　党は百万の指もつ手。一つに握りしめられた粉砕の拳。個人はたわごと、個人はゼロ……」（「ヴラジーミル・イリイッチ・レーニン」）

というような詩が一方にあり、他方にはこんな詩がある。「〃顔を農村に〃——任務が与えられた。琴《グースリ》をとれ、詩人よ、友だちよ！　だが分るか、おれの顔は一つだ、それは顔だ、風見じゃない……思想は水ではこねられない。ちっぽけな思想に水気は禁物。詩人は思想なしじゃ生きられぬ。おれは何だ、オウムか、七面鳥か？」（「ヴェルレーヌとセザンヌ」）。

　この二つはほとんど同時期に作られた二つの作品だが、このように党派性の問題ひとつとってみても、この詩人の場合、いくつかの相矛盾する傾向は並列的に存在するのではなくて、詩人という有機体のなかでどれもこれも見分けがたいほどに溶けあっているのである。このことは、マヤコフスキーという人の偉大さであり、同時に悲劇的な点でもあった。党派的思考はその正反対のものと牽き合って、マヤコフスキーという生身の人間を核に、ひとつの文学的磁場をかたちづくる。「コンミュンの芸術」も「レフ」も、このような文学的磁場を拡大したものとしてマヤコフスキーによって想定され、推進されていたのだった。けれども生涯の終り近く、この詩人は党派的離合集散の繰返しに飽きる。「レフとは単なる審美的グループであり、このグループはわれわれの戦いを素材として受け入れ、革命的文学から新しい閉鎖的な審美的企業をつくり出したのでありました……」（一九三〇年二月、モスクワ・プロレタリア作家協会の会議における発言）。そしてこの詩人は党派的思考の正反対の極へ走るかわりに、もう一度だけ、最後の党派的行動に踏み切るのである。すなわち、当時セクト主義とドグマチズムの巣であったラップ（ロシア・プロレタリア作家協会）に、一九三〇年二月、死の二カ月前にマヤコフスキーは単独で加入した。この行動が最後の悲劇を誘い出す間接的原因の一つとなったことは、現在マヤコフスキー研究家たちのひとしく認めるところである。

　よい意味でも、わるい意味でも、あるいはそのほかのどんな意味ででも、詩人の内部は混沌である。その混沌は時代から遠ざかったり、時代と並行したり、時代と激烈に交差したりするが、つねに一種の飽和状態を保っている。その混沌のなかでは、さまざまな概念や存在や感情のうち両極端にあって対をなすものが二つずつ背中合せに貼りついているが、しかもこのシャム双生児のそれぞれは不思議なパイプで通じあい、浸透しあい、補いあっている。すなわち党派的情熱は党派的情熱だけでは不足なのである。時代と社会がこのような矛盾そのものであるところの混沌的存在を知らず知らずのうちに排除しようとすればするだけ、党派的情熱はますます鋭くなり、そしてますますそれのみでは不安定なものになっていく。情熱の安定性は、いつ、どこで、だれの責任において回復されるのだろうか。一九二三年、マヤコフスキーが雑誌「レフ」に精力を集中していたとみられる頃の作品に「春の問題」というのがある。

　ぼくはひどく悲しい。
眠れないから
　　かもしれない。
お分りだろう、
　　まもなく
ロシア共和国に
　　春がくる。

詩人はロシアの大地に訪れる春ではなく、ロシア共和国を襲う春のいきづかいをひしひしと感じている。詩人の住む小さな部屋も陽に酔いしれてよろめき、詩人は仕事ができなくなる。不安になる。

でも率直に言うならば
　　不安の原因は一つもない。
まじめに考えれば
　　その通り。
太陽がちょっと照って
　　通過するだけ。

詩人の猫は窓から街を眺めている。それを見てさえ、詩人は奇妙な嫉妬にかられるのである。戸外は雪どけの水のしたたり。その音はまるで詩そのもののように詩人の耳について離れない。そして詩人は金縛りの状態になる。

法律上は
　好きな所へ行けるんだが、
事実上は
　移動すること
　　ぜったい不可能。

お得意のスローガンも出てこないまま、詩人は茫然と突っ立って、庭番が中庭の氷を割るのを眺める。「なんとか対策を立てねばなるまい」と詩人は焦り、空想的な解決を口走る。たとえば、いちばん青い一日をえらび、すべての街角で満面に笑みをたたえた民警がみんなにミカンを配るというのはどうだろうか。

それが高くつくなら、
　もっと安いもの、
　　手近なものでいい。

たとえば、
　老人、
　　失業者、
　　　就学前の子供たちが、
毎日
　十二時に
　　ソビエト広場に
　　　集まり、
三度叫べばいい、
　ウラア！
　　ウラア！
　　　ウラア！

だが、ここで詩人は自分の空想を断ち切るように詩の終結部を押し出す。

ほかの問題はすべて
　多かれ少なかれ明瞭なんだ。
パンにかんする問題も明瞭だ、
　平和にかんする問題も。
けれどもこの
　春にかんする
　　基本的な問題は
今すぐ調整
　せねばならぬ、
　　何がなんでも。

空想的な、あるいは現実的な解決を示すかわりに、まず解決を示す必要があると主張することを、詩人は詩人の内外から要請される。これはマヤコフスキーの時代の特徴であり、マヤコフスキーの時代によって始められたわれわれの時代の特徴である。ともすれば焦りに変りやすい詩人の愛、非常に包括的で躍動的な愛は、この時代のなかで変貌することを運命づけられている。もしも詩人の変貌が地球のすみずみにまでゆきわたり、大きな愛が衰えきってしまうとき、〝基本的な問題の調整〟はだれの手にゆだねられるのだろう。〝老人、失業者、就学前の子供たち〟にか？　〔一九六六〕

（『同志たち、ごはんですよ』一九七三年草思社刊）

ボーボー

うつらうつらするうちに車輪の音が遠ざかり、はっと我に返ると、鼻の長い、ざんばら髪の、赤鬼のような顔が目の前にあった。それは正面から夕日を浴びた伊達得夫の顔だった。向いの座席から頸を伸ばすようにして、伊達さんは私を凝視していた。その表情には普段の静かさもなければ、ユーモアも、ニヒリズムさえもなく、初め私は、自分が客観的に観察されているのだと思った。だが、何か張りつめた超越性のようなものの漲るその目は、まっすぐ私を見つめていながら、全然私を見ていなかった。伊達さんはこのとき何を見ていたのだろう。今、運命という言葉しか私には浮んでこない。伊達さんは年下の男の寝顔を突き抜けて運命を見つめていたのか。しかし私にしてみれば、夕日に染められた彼の顔こそが運命そのもののように厳しく、重く見えたのである。

一瞬ののち、普段の伊達さんが戻って来た。やるせない、静かな、皮肉な顔が、いつもの笑みを浮べた。

「腹、減らねえかい」

いかにも私は空腹だった。伊達さんも腹が減ったという。だが、前日から三十時間以上つづいた旅が終りに近づいた今、ラーメン一杯食べる金も私たちには残っていないのだった。それだけの時間を一緒に旅行していれば、べつに財布の中身を見せ合わなくとも、お互いのふところ具合は大体分るものである。伊達さんは確かに金を持っていなかった。私も同様。とどのつまり私たちは空きっ腹を抱えたまま、終着駅で「じゃあ」と片手を挙げて別れなければならないのだった。

この旅行は一九五六、七年頃のことだったように思うが、何人かの人たちがすでに語り、伊達さん自身も淋しげなエッセーに書き残している書肆ユリイカの事務所の所在地――あの神田神保町の路地裏の十三階段の上の一室を私が初めて訪ねたのは、一九五五年の初夏の頃だったと記憶する。それ以来、事あるごとに、いや、事がなくとも暇さえあれば伊達さんを訪ね、事務所の向いの喫茶店ラドリオに入りびたり、酒を飲みに巷へ繰り出したり、時たま一緒に旅行したりする不定形のグループに、私は仲間入りしていた。その頃の詩を書く若者たちは、なぜこんなふうに伊達さんのまわりに集まったのだろう。少なくとも私にとっての伊達さんとは、私の書いたものを面倒な手続きなしにすぐさま活字にしてくれる人であり、私の愚痴や冗談や性急な主張を辛抱強く聴いてくれる年上の友人であり、これだけでも伊達さんに引かれる理由としては充分だったと思うが、なおその他に、似たような理由から集まってくる若い詩人たちや画家たちが、つまりは伊達さんを含めたグループそのものが、私には大きな魅力だった。神田神保町の路地裏の事務所は、華やかさこそなかったけれども、明らかに一種の文芸サロンのようなものであり、伊達さんはやるせないホストだったのである。しかし、十三階段を頻繁に上り下りしたのは、若い詩人や画家だけではなかった。

典型的な場面を思い出してみよう。事務所の一番奥には、家主である昭森社主、森谷均さんのデスクがあり、デスクの脇にはだれかが持ちこんだ一升壜がすでに鎮座ましましている。伊達さんその他の店子たちはそれぞれのデスクにむかって仕事をしている。そこへ詩人または画家のだれかが訪ねてくる。やがて第二の、第三の人物が現れ、私もまた伊達さんに逢いに十三階段を上って、この場面のなかに入る。神保町に夕暮れが迫り、仕事の話が雑談に移行する頃、絶妙のタイミングで森谷老が一升壜をデスクの上に持ちあげる。「せっかくこれだけメンバーが揃ったんだから、そろそろ飲《や》りますか」そして湯呑茶碗が配られ、酒盛が始まる。だが、どうにも気掛りなのは、酒盛の始まる前から部屋の片隅にぽつねんと坐っている一人の男のことである。だれかはガルシア・ロルカを語り、だれかは中原中也を論じ、だれかは自分の情事の詳細を披露し、だれかは友人の失敗を面白おかしく再現してみせて、みんな笑いころげているというのに、背広のだいぶくたびれたこの片隅の男は、あてがわれた湯呑をときどき口に持って行くだけで、話には決して加わらず、笑いもしない。私の記憶に残っている或る日など、そんなふうに俯いたまま、この男は三時間も黙って坐りつづけたのである。私は談笑の途中で伊達さんにそっと訊ね、ようやく、それが出入りの印刷屋の集金係であることを知る。そして突然、森谷老あるいは伊達さんが醒めきった口調で「××さん、じゃ今日はひとつ、これくらいで……」と男に支払い金額を宣告し、支払いが行なわれる。男の表情が弛み、お辞儀が繰返され、馬鹿話をつづけている私たちにまで挨拶して男は出て行く。

それは神保町界隈の小出版社をひとしなみに被う貧困とやりきれなさが俄かに鮮明になるひとときだった。「ほとほとやるせない思いだ」と、この事務所での毎日について、あるエッセーに伊達さんは書き残している。たまたま初対面の一九五五年当時、同じ神保町の小出版社に勤めていた私は、そのような貧困とやりきれなさを念頭におかずに伊達さんと付き合うことはできなかった。文芸サロンにはいつも借金取の影がちらついていたのである。無力な私はシニカルな馬鹿話をして伊達さんと一緒に笑うだけで精一杯だった。全く、どれだけの量の冗談を私たちはやりとりしたことだろう。それでも、まだ若かった私がたまに真剣で性急な意見を述べたりすると、伊達さんは急に沈んだ顔つきになり、こちらの意見に反対も賛成もしないのが常だったが、一度だけこのパターンが破れて、たいそう驚かされたことを憶えている。ある左翼詩人について私は乱暴に断言したのだった。「彼は革命や抵抗とは関係ないよ。ただただブルジョワの仲間入りをしたい一心なんだ」これはいかにも説得力に乏しい暴言だったが、伊達さんは即座に、ほとんど無条件で私の意見に同調し、それから過去の苦い経験を語ってくれた。それはのちに伊達さんがエッセー「火焔ビン文学者」に書き残した無慚な経緯である。その打ち明け話は、田中英光の「地下室から」を読んだときと同じような暗い亢奮を掻き立てるのだった。一九五三年、基地反対闘争に湧き立つ内灘へ、伊達さんはカメラをさげて自発的に出掛けて行き、ルポルタージュを出版する。だがこの自発性は、旧左翼の人間たちにしばしば見られた、お人好しと背中合せの人間不信、人間蔑視にとり囲まれて、袋叩き同様の目に遭わなければならない。「ぼくは、火焔ビンで軽くやけどをしただけかもしれぬ」と、伊達さんは控え目にエッセーを結んでいる。しかしその火傷はなかなか癒えなかったのだと思う。

晩年についても暗い思い出しか残っていない。一九六

○年の秋から冬にかけての頃、雑誌「ユリイカ」の廃刊を、あるいは内容の大幅変更を伊達さんが考えていたことは事実である。しかしそれは意欲的な編集による「ユリイカ」の再出発といった景気のいい企画ではないように見えた。伏目になって、まるで何か悪事の計画でも話すような小声で、伊達さんは私にこう言った。「ユリイカをね、美術雑誌にしようかと思うんだ」「どうして」と私は訊ねた。伊達さんは身の置き所ないというように更に目を伏せた。「どうにも雑誌が売れなくてね、弱っちゃってるんだよ」これは生前の伊達さんと私のあいだに交された多少とも真面目な会話の最後のものである。このときの印象が強かっただけに、伊達さんの死後、例えば東京新聞の「大波小波」欄に出た「一人の偉大なジャーナリストが死んだ。一つの重要な出版社が死んだ。そして一つの生気発らつたる雑誌が死んだ……」というような追悼文を読んで、私は全く唖然としてしまった。一体どこを押せばこういう調子のいい文章が出てくるのだろう。私の見た伊達さんは、零細出版の泥沼での十数年間にわたる戦いに困憊した一出版人だった。そして病魔が彼に止めを刺した。文学史的な「評価」や出版文化史上の「功績」の届かぬ所へ、伊達得夫は行ってしまった。

　私の描く伊達さんの像は少し暗すぎるだろうか。花環や酒のない、きわめて精神的な架空の追善供養を私は空想する。その席で私は故人にこう話しかけようか。

「いつか私たちはシニカルな馬鹿話をしながら国電のホームを歩いていた。一人の幼児が親の手から離れてホームの縁へ走り出した。と、あなたは猛烈な速さで駆け寄って幼児を抱きとめた。それから何事もなかったかのように再び馬鹿話に戻った。それはあなたの世代の、軍隊を経験した者たちの瞬発力なのであろうと、私は初め思った。しかしやがて分ったことだが、それはあなたの瞬発力なのだ。軍隊や戦争はむしろそれを衰えさせる側のものだ。戦争が、戦後の生活が、旧左翼の人間蔑視が、零細企業の苦しみが、そしてたぶん私との懶い付き合いも、あなたの瞬発力を徐々に弱めた。だが私があなたから学んだのは、世評や賞罰によって人間は測れないということだ。仕事や業績によってすら測れない。私は確実にあなたから学び、今やあの頃のあなたよりも年上になった。でも、見て欲しい、私が自分よりも年下の人と談笑するとき、私の背後にはいつもあなたがいる」

この私の語りかけに伊達さんは、

「ふっふっふ、きみも相変らずだねえ」

とでも笑ってくれるだろうか。

伊達さんの絶筆となったのは、病床で録音テープに吹きこまれた未刊の物語「りんごのお話」である。「戦争に行くよう運命づけられていた」「僕」が一人旅の途中、青森駅で聞く汽笛の「ボーボー」という音でこの物語は中断している。伊達さんの肉声が「ボーボー」「ボーボー」と繰返すのを聴いたとき、私は夕日に染められた彼の真赤な顔を思い出していた。

〔一九八〇〕

(『蛇と投石』一九八一年草思社刊)

どしたらいんだろ

——困ったもんだ、
天才きどり、
英雄きどりの人は、
よく見りゃ、
ただの
ぐうたら!
——全くだ、
わしも同感。

W・H・オーデン
「蕩児一代記」エピローグ

かつて惚れこんでいた詩人に、いつのまにか幻滅しているという、悲しい事態。

詩人や詩との「付き合い」(昨今のこの言葉のニュアンスで)が深かった分だけ、幻滅や失望はいっそう厳しく感じられる。

当たり障りの少ない外国の詩人を引き合いに出すならば、私の場合、ロシアのヴラジーミル・マヤコフスキーとの付き合いは、ほとんど青春時代の恋愛事件みたいなものだった。

ソビエト崩壊後、この詩人を罵倒する言説が雨後の筍のように現れた。例えば「革命の玉座に侍った道化師」とか。私は今でもマヤコフスキーは道化師だったなどと思いたくないし、思わない。

しかし、自殺とされていたこの詩人の最期を綿密に解剖してみせたスコリャーチンの論考が世に出て、私の「愛着」は変らざるを得なくなった。

元ゲーペーウー職員のブリーク夫妻とマヤコフスキーとの「三人所帯」は、一九三〇年当時、すでに十年近くも続いていた。そのブリーク夫妻が、突如、行先も目的も帰国の日時も何やら曖昧な外国旅行に出かけたとき、これはへんだと詩人は思わなかったのだろうか。

しかも、夫妻の留守中、ゲーペーウーのちんぴら工作員が転がりこんできて、詩人と同居する。この監視役、ひょっとすると暗殺者になりかねない青年を相手にして、マヤコフスキーは退屈しのぎに「世界革命」だの「ヨーロッパ共和国」だのと一席ぶったりする。

トロツキーが追放されてから、もう何年も経っていたのに。

なんという無防備、なんという警戒心の欠如、なんという餓鬼っぽさ。アホか！ と言いたくなる。

私が大好きだったマヤコフスキー、超絶技巧を軽々と駆使した詩人のイメージとは、およそ掛け離れた愚かしい姿だ。

いや、自分を取り巻く異変に、詩人は恐らく気づいていたのだろう。気づいてはいたが、まるで思春期の少年のように「金縛り」の状態に陥り、謀殺あるいは自殺という残忍な結末へと、なすすべもなく突っ込んで行ったのではないだろうか。

もうひとり、私の惚れこんだ詩人、フランスのジャック・プレヴェールは、第二次大戦直後の第一詩集『パロール』から始まって、二十数冊の詩集を出し、一九七七年に亡くなったのだが、もしもその三十数年間にこの詩人が実はほとんど何も書いていなかったのだと言われたら、愛読者はどんな気持になるだろう。

イヴ・クリエールという伝記作者の分厚いプレヴェール伝（二〇〇〇年出版）によれば、そうなのだという。

第一詩集が出た頃、プレヴェールは一人の編集者に、自分の過去の作品をすべて預けた。一九二〇年代から大戦終了の頃までの掲載誌や新聞の切り抜き、未発表の生原稿、創作ノートやメモ、芝居やバレエの台本、等々。

編集者はそれらの資料を整理し、編集して、つぎつぎとプレヴェールの詩集を三十年の長きにわたって出版した、というわけだ。

どうしてこうなったのか。『パロール』出版の少し後、一九四八年に、この詩人はパリのラジオ局の窓から転落して、何週間か意識が戻らないほどの重傷を負った。なんでも、その頃世間にもてはやされていた有名ボクサーがちょうど放送局を訪ねてきて、その姿を見ようと首をひねって上体を乗り出した途端に、ストンと落っこったのだそうな。

プレヴェールが高い所から落下したのは、これが初めてではない。十年前、詩人はひとりの女性を追ってアメリカへ渡ろうと、港町ルアーブルにいた。見送りに来た友人たちの前で、詩人は岸壁から海中に転落した。救助した友人たちは、これはひょっとして失恋自殺なのではないかと疑ったが、本人はけろっとしていたという。

転落癖のある、へんなおっちゃん。

二度目の転落のあとは、南仏で数ヵ月療養して回復したことになっていたが、実は回復はそんなに早くはなかったようだ。早くなかったどころか、かつての（二〇年代から四〇年代にかけての）猛烈な創作能力は決して戻ってこなかった。

全然書けなくなったわけではない。転落後の作品はいくつか残っている。例えば六八年の騒動に寄せた短い詩。学生たちに乞われて書いたと思しい作品だが、これがよくない。初めてこの詩を読んだとき、あまりのひどさに啞然としたのを覚えている。

私という愛読者は、肩透かしを食った恰好だ。マヤコフスキーの場合ほどの失望ではないとしても、幻滅の色は決して薄くはない。

ろくな詩を書かなかった三十年間に、プレヴェールは（今にして思えばリハビリとして？）たくさんのコラージュ作品を作りつづけ、編集者にまとめてもらった自分の詩集のイラストに使ったり、コラージュ集の単行本を出したりもしている。

それなら、詩人プレヴェールは消滅して、新たにコラージュ作家プレヴェールが誕生したとでも思えばいいのだろうか。

そんなにあっさりと一人の男が肩書を取り替えて、それで済むことだろうか。

＊

平林敏彦氏の『戦中戦後 詩的時代の証言』を読んだ。（雑誌連載中から読んでいた）。

この本に描かれた大勢の詩人たちのなかには、もちろん、W・H・オーデンが言う「ただのぐうたら」がちらほらと混じっている。

だが、平林氏は、もちろん、私のように幻滅だの失望だのと騒がないし、ぐうたらをぐうたらと名指しすることもない。

詩人たちとの付き合い方の違いだろうか。オーデン流に言うなら、ひょっとして平林氏は「よく見」なかったのだろうか。

いや、十分によく眺め、ふかぶかと付き合った上で、平林氏は詩人たちのすべてを赦しているのだ。同時代、同一状況に生きる仲間への、強い愛着がそこには感じられる。

赦し、赦されることは、ある意味では甚だ恐ろしいことでもあり、この本のなかの詩や詩人はおしなべて、時代と状況のお白州に引き据えられているように見えないこともない。

そうか、今わかった、問題はこの時代とか状況とかいうやつなのだ。幻滅や落胆のウイルスをばらまいているのはそいつらだ。詩人や詩は感染者にすぎない。

時代と状況は裁く。われわれは裁かれる。その場に赦しは皆無だ。

優位に立つのはわれわれのほうであるべきだろう。われわれひとりびとりは時代や状況を少しずつ自分の内部に取り込むことができる。食べ物のように消化してしまうために。そして時には「時代を超越」したつもりでいることさえ可能だ。

だが、相手は手強い。ベム。不定型の怪物。ここと思えばまたあちら。時にはぴかぴかのロボット。実際、この時代というやつがてめえを新しく見せる手際のよさといったら！

一方、こっちはどこからどう見ても旧態依然たる「幻滅の悲哀」だ。詩人たちは一人一人がどんどん痩せ細り、消滅してゆく。残されている私はもうふらふらで、息苦しい。ロスタイムに奇跡なんか起こりっこない。

どうしたらいいのだろう。

どしたらいいんだろ。

（「現代詩手帖」二〇〇九年二月号）

作品論・詩人論

33の質問

谷川俊太郎

もし上気嫌だったら、以下の質問の全部又は一部に答えてくれますか？　あなたの答を俟って、初めてこの作品は成立します。

◈

質問1　金、銀、鉄、アルミニウムのうち、もっとも好きなのは何ですか？

岩田　アルミニウム。

◈岩田さんは金属に関しても、ぼくなんかよりはるかに知識がありそうな気がする。ボーキサイト、モリブデン、ウラニウム、クローム鉄鉱、ジュラルミン、アンチモニー、砂金、そんな物が詩の中に顔を出す。それも歴史とからみ合った形で。たとえばアルミニウムは弁当箱だったり（神田神保町）、武器の破片（罵倒論）だったりする。抽象的な金属じゃなく具体的な〈物〉なんだ。

質問2　自信をもって扱える道具をひとつあげて下さい。

岩田　手回しドリル。

◈木工のドリルと言うより、金属加工のドリルって感じだなあ。きっと望遠鏡関係の物を作るんだろうと思う。こういう工具を使いこなせるくせに、機械好きではないんだ。オーディオ・マニアでもないし、車も運転しない。

質問3　女の顔と乳房のどちらにより強くエロチシズムを感じますか？

岩田　人により、場合により。

◈こうまっとうな答えかたをされると、質問者は恥をかきます。こういう素気ないところが岩田さんにはあるんだな。冷たいというのともちょっとちがう、岩田さんの内部の退屈してる部分に触れたような気がして、はっと手をひっこめたくなる。
もっとも、そう思うのはこっちのひがみで、岩田さんは結構少々好色な、あるいはエディプス・コンプレックス的な思い出にふけりながら、素直にこう答えたのかもしれない。岩田さんの詩の中には、しばしば乳房が出てくることだし。

質問4　アイウエオといろはの、どちらが好きですか？
岩田　どちらも好き。
◈たしかにそうだなあと納得する。岩田さんは詩の中に平気でカタカナを使うけれど、それらは全く横文字という感じがしない。岩田さんの詩のもっている一種のねばりみたいなものは、平仮名の、しかも旧かなじゃない新かな的な感性に支えられていると思う。

質問5　いま一番自分に問うてみたい問いは、どんな問いですか？
岩田　自分に問いたくないきもち。
◈ここでも質問はぴしゃりと拒絶されてる。この質問には甘えがあるってことを、岩田さんは敏感に感じとっているんだな。とても感傷的なところがあるくせに、それはめったに外へ出さない。自分に問うくらいなら、他人を問いつめるほうがまし？

質問6　酔いざめの水以上に美味な酒を飲んだことがありますか？
岩田　ある、ある。
◈舌なめずりしてるみたいな、このはずんだ答えかた、現金だなあ。好きな質問と嫌いな質問をはっきり区別してる。岩田さんの中の音楽が鳴り出したって感じだ。

質問7　前世があるとしたら、自分は何だったと思いますか？
岩田　シャケ。

◈心の故郷は東京・大森じゃなく、やっぱり北海道なんですか？　でもこう言われると、なんとなく岩田さんの顔が鮭に似てくる。岩田さんには、ぬめりのようなものがあるね。鱗もあるかもしれない。そうやって自分を守ってるんだ。

質問8　草原、砂漠、岬、広場、洞窟、川岸、海辺、森、氷河、沼、村はずれ、島――どこが一番落着きそうですか？

岩田　島。

◈『社長の不在』におさめられた「蟻」を読んでいると、この一言には妙な重味がある。〈いつでも、どこでも、どこへでも、人間関係という荷物を運びつづける愚かな私たち〉岩田さんは、ロビンソン・クルーソーになっても十分生きのびてゆけるだけの実際的な知恵と技術をもっていそうだけれど、本当にいきいきするのは、フライデイが現れてからだろうな。家事（？）はフライデイにまかせて、岩田さんはフライデイの伝記でも書き始めそうな気がする。

もうひとつ、思い出した一行〈北海道から九州まで／ここはおしなべて島ではないか〉（海岸の実験）

質問9　白という言葉からの連想をいくつか話して下さいませんか？

岩田　絵具。

◈また、また。どうもとりつく島がないな。いろんな色に興味があるくせに、もしかすると岩田さんの意識下には、すべてを真白に塗りつぶしてしまいたい欲望がひそんでいるのかな――なんて、これじゃ精神分析はおろか、こじつけにもなりゃしない。

質問10　好きな匂いを一つ二つあげて下さい。

岩田　魚を焼く匂い、など。

◈あんまり匂いのない岩田さんの作品に時折ただよう二、三の匂い。〈ひるの空気はけものくさい〉（序曲と鎮魂歌〉、〈クレゾールの匂いのするやさしいひと〉〈クロロホルムの匂いのするやさしいひと〉〈クレオソートの匂いのするやさしいひと〉（悲劇）、〈若葉のなまぐさい香りと人間の老廃物の匂いがまじりあい……〉（草の名前）

もともと岩田さんは鼻のきく人だと思うのだ。特に老廃物の匂いには敏感だろう。とすればむしろ、嫌いな匂いを訊ねたほうがよかったのではないか。匂いに限らず、好きなものより嫌いなもののほうに、岩田さんはより深く暗い情熱をもってるんじゃないかと思うことがある。

質問11　もしできたら、「やさしさ」を定義してみて下さい。

岩田　そばにいること。

◈反射的にこういう簡潔な定義を下せるところに、人間通である岩田さんを感ずる。『最前線』におさめられた「触れるべからず」を読めばそういう岩田さんの〈やさしさ〉がよく分って、胸を打たれる。自分の〈やさしさ〉から目をそらさない強さ。

質問12　一日が二十五時間だったら、余った一時間を何に使いますか？

岩田　二十四時間目の続き。

◈ひまだからこう答えたのか、忙しいからこう答えたのか、それとも天体望遠鏡などのぞいていると、そのふたつの状態にたいしたちがいなどなくなるものなんですか。いずれにしろはみ出した一時間にも日常性を失わぬ冷静さに敬意を表します。

質問13　現在の仕事以外に、以下の仕事のうちどれがもっとも自分に向いていると思いますか？　指揮者、バーテンダー、表具師、テニスコーチ、殺し屋、乞食。

岩田　表具師。

◈「鉄骨を運ぶ人々」や「草の名前」に現れている力仕事をする人たちへの、岩田さんの感じかた、率直でぼくは好きです。表具師になっても重文や国宝はことわるんでしょうね。

質問14　どんな状況の下で、もっとも強い恐怖を味わうと思いますか？

岩田　足が地についていないとき。

◈質問11や質問30にも共通して言えることだけど、こういうちょっと抽象的な質問に対する岩田さんの答えかたは見事にキマッテいて、有無を言わせぬ迫力がある。岩田さんの内部のいちばん強固な岩盤に、ドリルの先が触ったというふうな感じ。

質問15　何故結婚したのですか？

岩田　結婚しないわけにいかなかったから。

◈しないわけにいかなかったそのわけは？　と、そう反問したらなんと答えただろうな。岩田さんという人は、他人に伝えようのない自分だけの秘密を分泌しつづけていて、その塊を足で押しやることで前へ進んできたみたいに思えることがある。この人に自白を強要することは不可能だ――拷問してみたい誘惑！

質問16　きらいな諺をひとつあげて下さい。

岩田　身から出た錆。

◈つまりドウセ私ガワルイノヨというような言いかたで、責任を回避することのいやらしさですか。錆びるのは自分が〈はたらいて〉ないからだ、錆びるのは〈空気〉がよくないからだ、錆びを科学的に追究せよ、自分に甘えるな――というこの蛇足が正解かどうかは保証しません。

質問17　あなたにとって理想的な朝の様子を描写してみて下さい。

岩田　目が醒めたとき明るい。どこもかしこもタマラナイほど明るい。

◈やっぱり朝寝坊がしたいんだな。でもこれがひとつの理想である以上、岩田さんはいつもこういうめざめかたをしてるんじゃないってことか。〈タマラナイ〉という一語に、明晰を求めるくせに明晰を信じない人間の感覚的な暗さが浮かび上がってくる。実際にどうかは知らないが、岩田さんはどうも夜のしらじら明けに目を覚ましていることの苦痛を身にしみて知ってるんじゃないだろうか。

星を見ることに熱中するのも、地球上にはない強烈な光を見たいからなのかもしれない。ともあれ、このハイキーな一場面は、どこかアントニオーニの映画の一シーンのように、或る緊張をはらんでる。

質問18　一脚の椅子があります。どんな椅子を想像しますか？　形、材質、色、置かれた場所など。

岩田　ユカの上に置かれた木製の、木の色をした椅子。ヨーロッパ名画の中のかたち。

◈〈ヨーロッパ名画〉とはまた漠然としてますね。川崎洋「岩田さんてさ、もし、絵型と音楽型と、無理やり分けるとしたら、自分じゃどっちだと思います？」岩田宏（即座に）「音楽型です」

岩田さんにはグレイのスチールの事務用の椅子が似合いそうな気がする。ヨーロッパ名画の中の木の椅子には、岩田さん自身はおろか誰も腰かけてないんじゃないか。岩田さんには椅子は余り似合わない、あぐらも、正座も、もちろん結跏趺坐も。かと言って、たたずむのも行進も似合わない。強いて言えば、歩いててふっと立ち止まった形が、ふさわしいのだろうか。

質問19　目的地を決めずに旅に出るとしたら、東西南北どちらの方角に向いそうですか？

岩田　南。

◈質問17、質問22の答と関連している。あきらかに南方型。G・ステントが『進歩の終焉』の中で、ポリネシア世界に人類の未来を見てたっけ。ピアノと望遠鏡とその他に何を岩田さんはもっていくのかな。

質問20　子どもの頃から今までずっと身近に持っているものがあったらあげて下さい。

岩田　プルターク英雄伝。

◈たしかにぼくも読んだ。だけどぼくは失くしてしまった。読ませられる本で、読む本じゃないと思っていた。でもこの本に一種の人気があったことをよく覚えているという点で、岩田さんとは同世代だと思う。岩田さんの家は空襲で焼けたはずだ。とすると岩田少年はこの本をかかえて逃げるほど、愛読していたのだろうか。

質問21　素足で歩くとしたら、以下のどの上がもっとも快いと思いますか？　大理石、牧草地、毛皮、木の床、ぬかるみ、畳、砂浜。

岩田　砂浜。

◈〈ワレハ海ノ子〉を歌った子どもと、ガラパゴス島に立つ大人を貫いて、ぼくら日本人の永遠の体臭である海の匂いがある。だがその海も岩田さんにとっては、母を内蔵していないようだ。〈やんれ居直りの海〉と、「海を叱る」不幸な岩田さんは、やっぱり言葉にとらえられていて、そこがすばらしいのです。

質問22　あなたが一番犯しやすそうな罪は？

岩田　怠惰の罪。

◈七〇〇頁になんなんとする『同志たち、ごはんですよ』一冊をとってみても、岩田さんが怠惰であるとは思えないのだが、いつだったか翻訳の仕事をしていて書痙にかかったときいて、胸をつかれたことがある。翻訳料ってそんなに安いのかというおどろき、外国語がそんなにできるのかという劣等感、やっぱりいやいややってるのかという同情——

とまれここ数年の岩田さんには、功成り名遂げたかどうかは知らず、翻訳印税の長年の蓄積のおかげで悠々自適といったおもむきが感ぜられる。『最前線』、『社長の不在』におさめられた短篇群をぼくは愛読してやまないが、詩も、そして同時代に向けての発言も少なすぎるのはさびしいし、不安だ。もっと言挙げして下さい、岩田さん。怠惰を罪と感じてるのなら。

質問23　もし人を殺すとしたら、どんな手段を択びますか？

岩田　なるべくスピーディな手法。

◈つまりぼくと同じくらい臆病なんだなと、ちょっと安心してしまう。他人のからだに触るのは気味がわるいし、こわいもんだよ。ましてそのからだから血や内臓のはみ出してくるのは。岩田さんはワイセツなのも、きっときらいだな。

質問24　ヌーディストについてどう思いますか？

岩田　連想。ふとって皺だらけ。

◈こういう意地のわるいところは岩田さんの本領だ。ダイアン・アーバスの写真に、正にこの通りの場景がある。岩田さんのユーモアのもつあの現実感は、この意地わるさから来てるんだな。

質問25　理想の献立の一例をあげて下さい。

岩田　理想の献立というようなものは私にはございません。

◈突然、切口上になったところに興味がある。餓えを知ったことで美食家になった人と、餓えを知ったことで美食家になることを拒む人と、岩田さんは多分後者だ。食べものに限らない。大体きっと理想って言葉に先ず耐えられないんじゃないか。

質問26　大地震です、先ず何を持ち出しますか？

岩田　何も持ち出さないでしょう。

◈何かひとつくらい持ち出してほしいな。そのほうが親しみをもてる。これがやせ我慢じゃないと分るから、本気だと分るから、ちょっと血の気のひくような感じがあって、たとえ嘘でもいいから何かひとつと、お願いしたくなるのです。

質問27　宇宙人から〈アダマペ　プサルネ　ヨリカ?〉と問いかけられました。何と答えますか?

岩田　〈カリヨ　ネルサプ　アダマペ〉と。

◈意味も分らずに、そんなこと言っていいんですか。少々危険だと思う。〈こいつ、俺たちの言葉が分るな〉なんて思われて、今度は別の星でまたまた翻訳に追われるってことになりかねませんよ。

質問28　人間は宇宙空間へ出てゆくべきだと考えますか?

岩田　出て行くべきです。

◈うれしい答です。人間への関心がわれわれを人間の外へと導くのは、避けられないすじみちだと思う。われわれの存在する系は開かれている。それに目をつむることはできない。たとえ出てゆく前に滅亡するとしても。

質問29　あなたの人生における最初の記憶について述べて下さい。

岩田　石狩川の中之島の水溜りでジャブジャブやっていた。

◈やっぱり前世はシャケだったんですかね。でもシャケの前は何だったんだろう。岩田さんの人間くささの中には、いつもほんの少し人間じゃないもののにおいがまじっている。それが岩田さんを上品(!)にしてる。

質問30　何のために、或いは誰のためになら死ねますか?

岩田　何のためにでも、誰のためにでも、理由があれば死ねると思う。

◈この答にはほとほと感心。こういう人間認識ができてるってことはすごいな。甘ちゃんの多い詩人の中で、岩田さんは稀な辛口だ。でも、この答は一般的真理でありすぎて、岩田さんの具体的な理由についてなにも語ってない。巧妙にいなされてるなという感じも一方ではある。

具体的な、それ故に個人的な理由なんて、言ったって仕方ないでしょという岩田さんの表情に、怒りのようなもの、深い羞恥のようなもの、冷たさのようなもの、あきらめのようなもの……を、ぼくは勝手に想像する。

ずいぶんデリカシーを欠いた愚問だったのではないかと、質問者は恥じ入るのです。

質問31　もっとも深い感謝の念を、どういう形で表現しますか？

岩田　「ありがとうございます」と言います。

◈〈ございます〉がつくことで、多少よそよそしくなるんだけど、そのよそよそしさに、岩田さんにとっての感謝の深さがあるんだろうな。万感をこめて〈ありがとう〉と言うのは何故か岩田さんに似合わない、ちょっとしめっぽくて。

質問32　好きな笑い話をひとつ、披露して下さいませんか？

岩田　「あれは横町の熊さんじゃないか」「違うよ、あれは横町の熊さんだよ」「そうか、私はまた横町の熊さんかと思った」

◈笑いが言語のはたらきにかかわってるところが、岩田さん好みだ。すっきりした、野暮にはほど遠い笑い。都会人だなあと思う、よかれあしかれ。

質問33　何故これらの質問に答えたのですか？

岩田　やはり答えるべきだと思ったから。

◈同人誌〈shellback〉は、一九七七年五月現在、二号を発刊したにとどまっているが、その二号あとがきに、同人のひとり山本太郎はこう記している。

〈一九七三・一二・二八日星あかりの晩、シンイリ

の俊太郎をまじえ、北鎌倉で忘年会。二号のプラン、三号から先の趣向などもろもろ話す……〉

その忘年会の席で、私はこの「33の質問」を山本、岩田、川崎洋の三同人に提出した。山本、川崎のふたりがコピイを持ち帰ったのに比べて、岩田宏の答えかたは素早かった。酒が出るまでの十分ほどの間に、彼はわれわれと喋りながら、苦もなく答を書きこんでいった。答えかたに多少の遅速はあったかもしれないが、逡巡はほとんどなかったように記憶している。

〈答えるべきだと思った〉という言いかたの裏には、そういう事情があるが、〈べきだ〉という少々突っ放した言葉には、あるいはそれ以上の意味もこめられているかもしれない。

ともあれジャズのアド・リブにも似たその応答には、冷たさと熱さがまじり合っていて、即興であるからこそ一種の気合がこもっていた。岩田宏が真剣だったことは疑えない。

岩田宏さんの前衛性は自我の音楽的自覚にある

鈴木志郎康

七月十三日。仙台市に来て三日目の朝である。昨日は大学の研究室で、フラスコの中で栄枯盛衰する微生物の世界の、各ステージを撮影した。一個の生物が死んで腐敗するというのは、そこにバクテリヤや、原生動物や、虫などの世界が出現することなのですよ、と教授はいった。一つの秩序が壊れて、別の秩序がそこに生れるということなのだといった。死んで腐るというのは、そこに微生物がわんわと発生することだというのは、なるほどそうだ。それじゃ、人間がこんなに沢山生きているというのは、何かが壊れて、そこに人間が生きているということになりませんか。あるいはまた、人間がこんなに生きているというのは、何かを壊していることでしょうね、と質問した。するとその生態学の教授は、何かを壊している方についてはその通りだといった。撮影の間にちらりと交わした会話ではあったが、一つの確かな感情を起させるものであった。人間が生きているのは何かを壊している。自然破壊ということがいわれているが、農業そのものが自然破壊であり、工業はそれ以上の自然破壊であり、それは程度の問題として考えれば、それですむのかどうか。人間は自然の何かを破壊して行かなければ生きて行かれないものなのだとすれば、その破壊ということを、どんなふうに意識すればよいのであろうか。そんなようなことを漠然と考えながら、昨夜は眠った。

岩田宏さんについては、もう一ケ月以上も頭の中に置いて考えているのだ。しかし、勿論岩田さんのことばかり考えているわけではない。この文庫の解説を引き受けてから、どんなふうに岩田さんという人の詩について書いたらよいかと考えているのだ。そして、とうとう締切ものばしにのばして、ここまで来て、出張先の朝に書く破目になった。しかし、昨日の教授の話は、岩田さんの詩にふれて行くところがあるような気がするのであった。死んで腐るというのは今まで何かを喰って生きていたものが、今度は喰われるものになるのだ、ということに興味を持つ私自身が、私という意識が、岩田宏さんの書くものに非常な興味を持つということなのだ。顕微鏡で、羊の胃の中に生きている原生動物を見たけれど、面白かった。私の意識はそういうことに対して、活発になるのだ。羊や牛は一見草を食べているように見えるけれど、実は草から栄養を取っているのではなくて、胃の中に流れ込んだ草を食べる原生動物が胃の中に沢山いて、この原生動物が腸に流れて行って、この原生動物を消化し、栄養として吸収しているという話を聞くと、面白いと思う。そういう現実の姿を知る面白さが岩田さんの書くものにはあるのだ。現実に対する関心のあり方に私は興味を持つのだ。しかし、岩田宏さんの現実に対する関心の持ち方についての興味といっても、ドキュメンタリー映画作家の土本典昭さんが水俣病の現実に対して関心を抱き、その現実にかかわって行くことに興味を持つのとは違ってくる。現実に対するといっても、岩田さんの場合は、大学の研究室にあって語られることに似ているように思えるのだ。土本さんはドキュメンタリー映画作家だから、水俣に行って、水俣病の人たちに会い、彼らを撮影する。そこに撮られた映像は現実の矛盾を露わにしてしまうのだ。被害を受けてなった患者と資本家との激烈な闘い場を映像は露わにするし、有機水銀がどのように人間の身体を侵すかをも映像は明らかにする。表現をもって現実に直接的に関わるという仕方もあるが、岩田さんは水俣に出掛けて行って、水俣病の人に会って、その人たちのことを書くということはしない。私が岩田さんについて抱いているイメージは、岩田さんは書斎で書物を読み、特に外国の書物を読んで、それを翻訳し、時々街に出て街を歩き、時々旅行していろいろと美味しいものを食べ、天体観測をして、ピアノをひき、自分にとって確かであることを書くという人の姿である。私はそういう姿にも興味があるが、やはり岩田さんが岩田さん自身を含めて現実に対して非常な関心を抱き、その関心を書く言葉の中に表わして行くところに興味があるのだ。

七月十四日。七月十四日と書いて、あッ今日はパリ祭だと思った。今の今まで全く忘れていた。パリ祭なんて、現在の私には何の関係もない。去年もおととしも思い出しもしなかった。しかし私はパリに行ったことはないがパリ祭を知っている。大学でフランス文学を学んで、フランス映画が好きで、ルネ・クレールの「パリ祭」やジュリアン・デュビビエの「パリの空の下セーヌは流れる」などという映画を見て、パリに憧れたものであった。私が大学生であったのは一九五七年から一九六一年までであるが、その頃は海外旅行することは容易なことではなく、パリなんて自分が行くところとは全く考えてもみなかったのである。単純にいって、その頃の私にとっては日本の明治以降の文学は何か真似事めいた仮のもので、フランス文学が最高の〝本物〟であった。この本物・にせものという考え方が大学に通学する小ディレッタントを支配していた。明治以降に西欧化した文化、身近には私自身が住んでいる東京の姿は、パリには及びもつかないと考えていた。私はパリッ子に変身出来たらよいのにとさえ思っていた。岩田さんについて書くのに、何故こんなことをいうかというと、岩田さんの文章の中に次のような一節があったのを思い出したからであった。その文章は一九五八年の「詩壇」の主な論争四つについて論じたもので、その最後の部分が飯島耕一氏に当てた手紙になっているので、題名も「手紙で終るエッセイ」となっている。

ぼくが児玉氏の『メスカリンの幻影』を読んで、いちばんこたえたのは次の部分です。『文学青年の二十代は木登りの様だといわれるが……「おーい、もうそろそろエリュアールやミショーの木登りから降りてこいよ」と……私も飯島猿にそんな声をかけたくなる……』、ここです。どうしてかというと、ぼく自身みごとな木登り猿で、はたちにもならない頃から、マヤコフスキーだ、エレンブルグだ、プレヴェールだ、それに人にはあんまり言わないけれども、エリュアール、アラゴン、ミショーはもちろん、レイモン・クノオだの、アポリネールだの、ギュヴィックだの、ごってり登ったからなんです。それがいつからか判然としないが、いやになって来た。現在はちがいますが、一時は横文字がみんなバイキンのように見えて、原書にさわると病気になりそうだった。今は割り切っています。今のぼくの職業はホンヤク業ですから、原水爆をもう一度ヒロシマに落したらどんなに愉快だろうと書いてある本でなければ、なんでもホンヤクする用意があります。

実はこの文章の眼目はこの一節の後にあるのだ。飯島耕一氏が自分とミショーとを比べて、自分の不幸がミショーの不幸にまで至っていないということを書いた文章に対して、岩田さんはヨーロッパ人であるミショーのことと日本人である自分のこととは考えの中で両立しないと述べている、これが第一の眼目で、次に「外部世界と内部世界を対立的に考え、『精神の運動の軌跡のイマージュ』のなかに閉じこもりたくはない」。というのが第二の眼目となっているのだ。「外部世界と内部世界」なんていう言葉を読むと、もう意味がよくわからなくなり掛けて、実になつかしさの方が先に来てしまう。一九五八年の詩壇などと書いてあるから、正に私が大学生であった頃で、飯島耕一さんや岩田さん大岡さんらのこの現代フランス詩人林での木登りを見ては、自分らも早くああなりたいと思っていたのだった。「外部世界と内部世界」などという言葉も流れ込んで来て、その言葉で、話し合っていたが、それはその言葉を使うことで自分の仲間を見分けるといった類の言葉でしかなかったようにも思う。岩田さんは木登りの名手であるだけに、「フランスの詩や現実を知ることと、ぼくらの詩や現実を創ることとは、原則的に別のものであり、別種の作業です。」と書けるところに行ってしまうのだ。私などは、アンドレ・ブルトンの本は一冊も翻訳されてなかったから、辞書を引き引き「ナジャ」をようやく読み上げたにしか過ぎないのに、そして、シュルレアリスムを知らなければ自分の文学は開けないと思い込んでいたのに、岩田さんの方はもう、「別種の作業です。」などといってしまっているのだ。これは、明治以降を支配した近代化の歴史にあって、ある一つの到達点を示していると思う。西欧は西欧であり、自分は自分であるという自覚と、自分の現実を見る見方を創り出して行くという自覚がここに生れたのだ。

七月十五日。仙台市に来て四日目の朝になった。仕事が終って、今日は東京に帰る。今朝は雲一つなく晴れている。五時半に起きて、ブラインドを開けると、もう日が差していた。洗面して、昨夜パチンコで取った缶詰の桃を食べて、狭い机に向って窓の外を眺めながら、この文章の続きを考える。鼻風邪を引いてしまっていて、くしゃみがやたらに出る。先程、牛乳配達と散歩する老人夫婦の姿が見えただけで、人の姿は見えない。

岩田さんが沢山のソヴィエトやフランスの詩人の詩を、ロシア語やフランス語を学んで読んだということについて、岩田さん独自の動機があったことであるが、一般的に考えて、岩田さんが太平洋戦争中に中学生であったことが大きく働いていると思う。戦時中の中学生として、勤労奉仕に動員されたときのことは、「動員生活」に、その当時の中学生の心理をよく伝えていると思えるやや無秩序な言葉を使った文体で書かれている。ズボンなどという日常語も敵国の言葉として禁じられていた戦中の社会から、日本の古いものは何もかも否定され、アメリカの物が洪水のように流れ込んで戦後の社会へと、岩田さんはその最も感受性の鋭いときを生きたのであったから、その現実を抱えて、どういう考えを持ってこれから生きて行くかということを求めたとき、ソヴィエトの詩人マヤコフスキーを読みフランスの詩人たちを読んだというのは、語学に堪能な青年にとっては自然ななりゆきであったのだと思う。それは一種の飢えを満すことであったと思う。ところが、岩田さんはそんなにも夢中になった外国語の詩人を読むのがいやになるのだ。恐らく、自分の現実を抱え込んだ岩田さんとしては、外国の詩人が抱え込んでいた現実と自分の現実とが余りにも違うと感じるようになったからであろう。つまり、「別種の作業です。」という自覚を持ったのである。

マヤコフスキー、アラゴン、プレヴェール、エリュアール、更にミショー、アポリネールなどと読んで、あちらさんはあちらさんとして置いておいて、さて自分の足元を見たとき、岩田さんには何が残っていたかというと、それらの詩人たちが現実を見ていた見方が岩田さんの視線に強く焼きついて残っていたのだ。影響を受けたというのとは違う。岩田さんはむしろそれらの詩人たちの詩を楽しんでいたようであり、それらの詩人たちが現実を見たように自分の現実を見ようとしたわけではない。それは飯島耕一氏に異をとなえているところにはっきり出ている。岩田さんにはそうやすやすと人を信じ込まないところがあり、何かを権威あるものとしてその下に自分を置くことによって自我を逃がすということが全くないのだ。それぞれの詩人の詩が絶対的なものとならず、それぞれ違ったやり方と見えていたのではないだろうか。岩田さん自身の詩を読んでみて、岩田さんは外国語の詩を読む場合に、意味を取ると同時に、その音楽性を意味以上に強く受け止めたのではないかと思う。当てずっぽうになるけれど、岩田さんが翻訳家になっても、外国文学の紹介者や研究家にならなかったということも、その辺りにあるように思える。詩を意味の方から強くとらえて行くと、殆んど例外なくその詩の言葉に呪縛されてしまい、その詩を自分にとっての権威としてしまい、それを他人に押しつけることになるのであろう。しかし、詩の音楽性の方を強くとらえていると、詩を楽しむということになり、気軽に読み捨てて、それにしつこく縛られたり、それを他人に押しつけたりすることにならないのは不思議なことだ。音楽は聞いて感じるか感じないか、感じなければ話にならないし、感じたら感じたで共感し、話はいくらでも続けられるということになる。岩田さんが外国の詩人を読んで、岩田さんに強く焼きついて残ったのは、それらの詩の音楽性ということであったと考えられるのだ。

七月十七日。とうとう仙台では書き切れなかった。また亀戸の私の部屋の窓の外を見ながら書き進める。今朝は雲が非常に低くたれ込めている。昨夜は土砂降りであった。その湿り気が部屋の中まで満している。岩田さんの詩について、外国語の詩を読むことから、音楽性を身につけたと考えたところで、岩田さん自身が「詩論の試論」という文章の中で、音楽性にふれていたのを思い出した。読み返してみると、この文章は、詩は言葉のリズムにあるということに終始したものであった。

すなわち詩のことばの意味(イメージとしての)は、いわばリズムの色に染まっていると考えられる。詩人がもっぱら詩のことばのイメージのみを意識的に追求することは、詩のことばのこのような本質を考える場合、きわめて畸型的な仕事のように思われてならない。そして詩人が意識的に追求するとしないとにかかわらず、その作品のイメージはリズムの幕を通して、その色に染まって、読者に伝わるのである。これは不幸な事態であると言わねばならない。詩人の作品が、せまい範囲の、特定の人たちにしか受け入れられないことは、この場合あたりまえのことなのである。

（傍点筆者）

解決策はただ一つ、詩のことばの本質であるイメージとリズムの、いわば生みの親である集団本能を、詩人がさまざまな方法で詩人自身の内部に育成することしかない。まだるっこい解決策であるが、詩がふたたびその強烈な誘いと呼びかけの作用を回復するためには、それ以外に方法はないのである。さしあたり、肯定的であるにしろ否定的であるにしろ、集団的本能が個人の意識をくぐりぬけ、烈しい牽引力となって働きかけるような作品を、わたしたちは支持しなければならないだろう。

この文章が書かれたのが、一九六〇年であったのだ。日本の社会は、経済的にまた軍事的にアメリカの支配と保護のもとに日本を置こうとする支配的な勢力とこれに反対する勢力とがぶつかり合って、大きく揺れ動いていた時代であった。ここで岩田さんが、リズムと集団的本能とを結びつけて考えているのは、その揺れる社会の中で、詩が意識に働きかける力を持つことを考えていることなのである。岩田さんは詩を書くことで、現実の姿を言葉のリズムに乗せようとし、乗せたのであった。それは、戦時中の国家主義的集団ではなく、それとは全く別の新しい社会集団を求めていたのだ。詩集『いやな唄』がそれである。その中の、「いやな唄」や「神田神保町」は一読すれば、現実とその現実の矛盾に巻き込まれた者の感情が、その感情を突き抜けようとするリズムで伝わってくる。更に「わるい油」や「大虐殺」となると、そのリズムは重くなってくる。それは現実の矛盾にからめ取られ、その現実のからまりを押しのけようとしているリズムだ。

一九六二年、私が勤めて一年経ったとき詩集『頭脳の戦争』が発行された。私はこの詩集を日本橋の丸善で買ったことをはっきりと覚えている。勤めての一年間は、いわゆる実社会の厳しさというものとは別に、私の職場の一種徒弟制度的な人間関係の中で、私は非常に痛みつけられた気持になっていた。朝は一時間早く出社して部屋の掃除をしたり、いわれのない小言を頂戴したり、更に重い機械を運んだりで、それまでの本を読むことばかりの生活とは打って変った生活をしていた。まるで本など読めなかった。暇な時に丸善などに行って、本を見るのが唯一の知的な飢をまぎらわす手段であった。その丸善で岩田さんの『頭脳の戦争』を見つけたのであった。私はこの詩集を一気に読んだ。というより、読めたのだ。それは、今考えてみれば、岩田さんの詩が明瞭なリズムを持っていて、私がそのリズムに乗れたからだと思われる。特に、その中の「ショパン」という詩には心を打たれたのであった。その一二年前に、若い愛国的なテロリストを描いた「灰とダイヤモンド」というポーランド映画を見て深く感動した記憶がまだ生々と残っていたが、岩田さんの「ショパン」に重なったのである。しかし、そこであれ程まで強く愛の対象となる祖国というものが、私にはそれ程に対象として意識されていないのであった。

私は、この文庫にはどうしても岩田さんの「マヤコフスキーの愛」という文章を入れたかった。この文章と、「『マヤコフスキーの愛』あとがき」の二つを読むと、岩田さんがリズムの「生みの親である集団本能」のその集団の中に生きる個人との矛盾について、曲折をもったいい方ではあるが、非常にはっきりと語っているように思えたからであった。つまり、集団が政治的に限定されたとき党派となるわけだが、その党派ということについて、岩田さんはマヤコフスキーに対するルナチャルスキーやトロツキーやレーニンの評価を検討した後に、次のように結論する。

根元的な慣習の一つとしての党派的な思考は、個人的共感や態度保留などの曖昧で流動的な、やわらかい部分を絶えず無視しながら進行するだろう。それは生活の襞のすみずみにまで入りこみ、すべての非党派的要素を党派的要素に変貌させ、やがてその思考そのものが一見党派的とは見えないようなのっぺりしたもの、中間色の非刺激的なものになり果てるだろう。そのとき、それはひとりの政治家だけの問題ではなく、党派的時代に生きるすべての人を根底からゆすぶる深刻な問題となるのである。

そして、

党派的思考はその正反対のものと牽き合って、マヤコフスキーという生身の人間を核に、ひとつの文学的磁場をかたちづくる。

現在の私たちにとって何かを表現するということは、必然的に党派的な思考に落ちこんで行くこと以外ではない。この党派的というのは、既存の政治的党派という意味ではなく、社会に生きるものとしての、自分の位置のことだ。そして、その党派的な思考にならざるを得ないことによって、自ら枯渇して行く道を辿ることになる。岩田さんはこの表現の現実的な矛盾をついている。この矛盾にリズムと集団ということから出発した岩田さん自身がつき当ったことを、この「マヤコフスキーの愛」という文章は感じさせる。そして、この文章を書くことによって、岩田さんはその矛盾を乗り越えて別の表現を持つことになったのだと思う。恐らく岩田さん自身が属せるようなリズムを生みはぐくむ集団をこの日本の現実に持ち得ないと、詩作を重ねた結果、知るようになったのではないだろうか。そして、岩田さんは個人的に生きることに徹しようと決意したのであろうと思う。最近の岩田さんは余り詩は書かないようだけれど、極めて冷静な視線に徹した散文によって、現実の姿を摑えようとしているようだ。その文体は、個人の奥深いところに湧き出るリズムを実現しているものと考えられる。

（一九七七年）

圧倒・沸騰――岩田宏讃

八木忠栄

一九六〇年代初め、岩田宏の初期の詩集『独裁』『いやな唄』を私はアンソロジーなどで読んでいたが、詩集そのものを手にとったのは『頭脳の戦争』が最初だった。すでに初期の詩に魅了されていたから、刊行された一九六二年（大学三年のとき）にすぐ買った。

冒頭の詩「永久革命」のなかの「革命ばんざい　ぼくらふたりの！」「女たちはいっせいにでんぐりがえり」「憲法がいびきをかき」「すべての道は老婆に到る！　さもあらばあれ」といったフレーズにすっかり興奮した。自分のやわな頭をしたたかに叩きのめされた。二番目の詩「やしゃごの唄」の――

それでも未来を信じるな　だって早い話が
あの世に色目を使ったじじやばばのざまを見ろ

じじばばはぼくらのくらしに残しやがった
勝手にしやがれ　すばらしいしぐさとことばを
（中略）

といったフレーズに、若い私の心はたちまち圧倒され沸騰した。それまでに読んでいた現代詩で、岩田宏の詩ほど熱く圧倒され沸騰させられた経験をしたことはなかった。その後も――。魂を殴られる詩との初めての出会いだったと言える。

詩の美とか抒情性とか、そういう甘っちょろい言説を、容赦なく根っこから粉砕するような毒によって、岩田宏の言葉は輝いていた。しかも威丈高になることなく、たえず日本語として抜群のリズムを刻んでいた。その新鮮な毒は、私たちのありふれたくらしから役所へ、町へ、神田神保町へ、グアンタナモへ、ショパンへ、ポーランドへ……果てしなく広がって行った。さらに見逃してならないのは、そこに鋭く研ぎこまれた憤怒とともに、ユーモアや遊びごころをはらんだ天性のリズムが色濃く躍っていたことである。

右に引用した部分に「くらし」という言葉があるけれど、岩田宏の詩は「くらし」という言葉に裏打ちされているのが特質であると、私には思われてならない。実際「くらし」という言葉そのものがいくつ使われているか、数えたことはないし、頻度は必ずしも多くはないかもしれない。「生活」や「ライフ」といった無味乾燥な意味合いではなく、それらとは存立のちがう「くらし」という、卑近で匂いを伴った響きが行間に脈打っている。

くらしのくるしさくるおしさ
くらしのくらさくやしさは
（「グアンタナモ」）

どんなテーマを扱おうとも、岩田宏の詩のフィールドは、「くらし」という生なましい時空に根を張りめぐらせた世界である。「ブルース・マーチ」という詩の、よく知られた反歌「おっかちゃんのためならえんやこら。」だって、「くらし」そのものではないか。

『最前線』（一九七二）の収録作四十二篇中、小説は十

六篇。三年後に小説集『社長の不在』が出版される。以降、小説やエッセイ、翻訳(小笠原豊樹)などが次々に刊行されたが、詩は発表されていない。つまり岩田宏は四十歳頃には詩を書かなくなってしまった。当時、詩の雑誌の編集者だった私は、何回か詩を依頼したことがあったが、笑って「そんなことより、お酒飲もうよ」という返事。こんな時代に、岩田宏ならどんな詩を書くかという期待。でも、相手を退屈させず、話がおもしろかった岩田さんとのお酒はいつも楽しいので、すぐにとんで行った。

『最前線』のなかに「吾子に免許皆伝」という十行の詩がある——

あこよ　あこよ
大きな声じゃ言えないが
としよりにだけは気を許すな
としよりと風呂に入るな　あこ
アコーデオンを弾くな　敵は音痴だ
恩知らずといくら罵られようとも
としよりとは口きくな　言い負かされると
あいつら必ず暴力だ　そのむこうは
あやめも咲かぬ真の闇で　そこが世界の
どまんなかだ　あこよ。

題名にも書き方にも岩田宏独特の遊びがあるが、寸分の弛みもなくきつい。「としより」に実際ひどい目に遭ったことがあるかどうか、勘ぐることに意味はあるまい。「としより」とは単に「老人」のことではない。「親」「親分」「評論家」「上役」「社長」「権力者」「お上」など、象徴する意味合いはいろいろあるだろうが、時代や現実に狎れ合うことのない岩田宏の態度がビビッドに読みとれる。

心やさしい人だっただけに、逆に理不尽な情にほだされて鈍ること、巻かれてしまうこと、それらを極端に嫌った人ならではの思いがこめられている。そんなクールな場面に私も直面することがあって、身が引き締まる思いも経験した。詩の依頼に対しても、「ノー」となったら絶対に「ノー」だった。成すスベがなかった。しかし、口調がパッと一転して「そんなことより、お酒……」、そういう人なのだ。

「やしゃごの唄」という詩にも、前述のように「じじばば」に対する厳しい姿勢があるが、他の詩にも「おれはおやじと喧嘩した／じじいとも喧嘩した」（「二つの太陽」）、「黙れじじいども　われわれの賃銀は安い」（「冷静なソネット」）とある。そして「ぼく　じき　じいさんになる！」（「歴史的現実」）という忘れがたいフレーズもある。岩田宏が「としより」とか「じじばば」が現実に嫌いだったかどうかはともかく、その言葉には狡猾とか理不尽、奢侈、傲岸、権威などの意味合いがこめられていたと思われる。

圧倒的な詩人岩田宏が、壮年期に詩を書かなくなってしまったことは、今なお口惜しい。これは日本の現代詩にとって大きな損失だったと言える。しかし自らは「としより」詩人になりさがることはなかった。

（「現代詩手帖」二〇一五年三月号）

著作目録

〔詩集〕
『独裁』一九五六年、書肆ユリイカ
『いやな唄』一九五九年、書肆ユリイカ
『頭脳の戦争』一九六二年、思潮社
『グアンタナモ』一九六四年、思潮社（画：池田龍雄）
『岩田宏詩集』一九六六年、思潮社（藤村記念歴程賞）
『岩田宏詩集』現代詩文庫3　一九六八年、思潮社
『最前線』一九七二年、青土社　＊詩以外に短篇小説も多数収録
『新選岩田宏詩集』新選現代詩文庫105　一九七七年、思潮社
『岩田宏詩集成』二〇一四年、書肆山田
『続・岩田宏詩集』現代詩文庫211　二〇一五年、思潮社

〔小説〕
『社長の不在』（短篇集）一九七五年、草思社
『蛇と投石』（短篇集）一九八一年、草思社
『踊ろうぜ』（長篇）一九八四年、草思社
『ぬるい風』（長篇）一九八五年、草思社
『なりななむ』（長篇）一九八七年、草思社
『息切れのゆくたて』（長篇）一九九〇年、草思社
『カヨとひろ子』（長篇）一九九二年、草思社
『九』（長篇）一九九八年、草思社

〔エッセイ・評論〕★は小笠原豊樹名義
『マヤコフスキー研究』（編訳）一九六〇年、飯塚書店★
『マヤコフスキーの愛』一九七一年、河出書房新社★
『同志たち、ごはんですよ』一九七三年、草思社　＊戯曲、ラジオドラマ、短篇小説、詩も収録
『いただきまする』一九七八年、草思社　＊戯曲、ラジオドラマ、短篇小説、詩も収録
『雷雨をやりすごす』一九九四年、草思社＊詩も収録
『渡り歩き』二〇〇一年、草思社
『アネネクイルコ村へ　紀行文選集』二〇一一年、みすず書房（大人の本棚）
『マヤコフスキー事件』二〇一三年、河出書房新社（読売文学賞）★

〔編集〕
『小熊秀雄詩集』一九八二年、岩波文庫
『魂の配達　野村吉哉作品集』一九八三年、草思社

〔翻訳〕★翻訳はすべて小笠原豊樹名義、主要なもののみ記載。
イリヤ・エレンブルグ『第九の波』『雪どけ』『十三本のパイプ』『現代の記録』『芸術家の運命』ほか
エドマンド・クーパー『アンドロイド』
アガサ・クリスティー『無実はさいなむ』
ザミャーチン『われら』ほか
シオドア・スタージョン『一角獣多角獣』『雷鳴と薔薇』
ソルジェニツィン『イワン・デニソビッチの一日』『消された男』『ガン病棟』ほか

チェーホフ『かわいい女・犬を連れた奥さん』『決闘・黒衣の僧』
ドストエフスキー『虐げられた人びと』
アンリ・トロワイヤ『石、紙、鋏』『サトラップの息子』『クレモニエール事件』『仮面の商人』
ウラジーミル・ナボコフ『四重奏・目』『ロシア文学講義』
エドガー・ライス・バローズ『火星の女神イサス』『火星のプリンセス』『火星の大元帥カーター』
ジョン・ファウルズ『コレクター』『魔術師』『アリストス』
ア・フェドートフ『人形劇の技術』
レイ・ブラッドベリ『刺青の男』『太陽の黄金の林檎』『火星年代記』『とうに夜半を過ぎて』『死ぬときはひとりぼっち』
ジャック・プレヴェール『プレヴェール詩集』『唄のくさぐさ』『金色の老人と喪服の時計』ほか
ロス・マクドナルド『ファーガスン事件』『トラブルはわが影法師』『さむけ』ほか
ヴラジーミル・マヤコフスキー『マヤコフスキー詩集』『ズボンをはいた雲』『悲劇ヴラジーミル・マヤコフスキー』『背骨のフルート』『戦争と世界』ほか

*本書は一九七七年十月、『新選現代詩文庫』105として刊行されたものを新装増補したものです。

*元版の詩篇・散文作品・評論の選択と構成は鈴木志郎康氏による。

現代詩文庫 211 続・岩田宏詩集

発行日 ・ 二〇一五年六月三十日

著 者 ・ 岩田 宏

発行者 ・ 小田啓之

発行所 ・ 株式会社思潮社

〒162-0842 東京都新宿区市谷砂土原町三―十五

電話〇三（三二六七）八一五三（営業）八一四一（編集）八一四二（FAX）

印刷所 ・ 創栄図書印刷株式会社

製本所 ・ 創栄図書印刷株式会社

用 紙 ・ 王子エフテックス株式会社

ISBN978-4-7837-0989-3 C0392

現代詩文庫　新シリーズ

201 **蜂飼耳詩集** この時代の詩を深く模索し続ける新世代の旗手の集成版。解説＝荒川洋治ほか
202 **岸田将幸詩集** 張りつめた息づかいで一行を刻む、繊細強靱な詩魂。解説＝瀬尾育生ほか
203 **中尾太一詩集** ゼロ年代に鮮烈に登場した詩人の、今を生きる言葉たち。解説＝山嵜高裕ほか
204 **日和聡子詩集** 懐かしさと新しさと。確かな筆致で紡ぐ独創の異世界。解説＝井坂洋子ほか
205 **田原詩集** 二つの国の間に宿命を定めた中国人詩人の日本語詩集。解説＝谷川俊太郎ほか
206 **三角みづ紀詩集** ゼロ年代以降の新たな感性を印象づけた衝撃の作品群。解説＝福間健二ほか
207 **尾花仙朔詩集** 個から普遍の詩学、その日本語の美と宇宙論的文明批評。解説＝溝口章ほか
208 **田中佐知詩集** 何物にも溶けない砂に己を重ねた詩人が希求する愛と生。解説＝國峰照子ほか
209 **続続・高橋睦郎詩集** 自由詩と定型詩の両岸を橋渡す無二の詩人、その精髄をあかす。解説＝田原
210 **続続・新川和江詩集** 八〇年代から現在までの代表作を網羅した詩人の今。インタビュー＝吉田文憲
211 **続・岩田宏詩集** 日本語つかいの名手の閃き。最後の詩集までを収める。解説＝鈴木志郎康ほか
212 **江代充詩集** 飾りのない生の起伏を巡り、書き置かれた途上の歩み。解説＝小川国夫ほか
213 **貞久秀紀詩集** 「明示法」による知覚体験の記述の試みへと至る軌跡。解説＝文倉隆子ほか
214 **中上哲夫詩集** 路上派としての出発から現在まで。詩と生きる半生を刻む。解説＝辻征夫ほか